E. W. Heine

Kille Kille

Makabre Geschichten

btb

Umwelthinweis:
Alle bedruckten Materialien dieses Taschenbuches
sind chlorfrei und umweltschonend.

btb Taschenbücher erscheinen im Goldmann Verlag,
einem Unternehmen der Verlagsgruppe Random House GmbH.

1. Auflage
Genehmigte Taschenbuchausgabe Oktober 2002

Lizensausgabe mit freundlicher Genehmigung der
Diogenes Verlag AG, Zürich
Umschlaggestaltung: Design Team München
Umschlagillustration: Helme Heine Copyright ©
Diogenes Verlag AG, Zürich
Satz: IBV Satz- und Datentechnik GmbH, Berlin
KR · Herstellung: Augustin Wiesbeck
Made in Germany
ISBN 3-442-72902-5
www.btb-verlag.de

FÜR MAM UND DADDY

SELBSTBEFRAGUNG

Ich horche in mich rein.
In mir muß doch was sein.
Ich hör nur „Gacks" und „Gicks".
In mir da ist wohl nix.

R. Gernhardt

Inhalt

Der Maler Matisse zeigte einmal einer Dame seine Bilder. Sie betrachtete einen weiblichen Akt und rief: »Aber so sieht eine Frau doch gar nicht aus.« Matisse antwortete: »Das ist keine Frau, das ist ein Bild.«

Das gleiche gilt für dieses Buch. Das ist nicht unser Alltag, das sind Erzählungen.

Die meisten Menschen führen ein unendlich langweiliges Leben. Es liegt nicht in meiner Absicht, dieses Leben nachahmend zu beschreiben. Ich versuche es neu zu arrangieren, zu dramatisieren, um es interessanter, erregender, überraschender aufzuführen. Der Effekt ist mir wichtiger als die Realität, Handlung bedeutet mir mehr als intellektuelle Abstraktion. Ich gehöre zu den Verehrern der raffinierten Scheherezade der Märchen aus Tausendundeiner Nacht, die dem Tod nur entging, weil sie erzählte, ohne zu langweilen.

E. W. Heine

Die Affenfänger

Afrika, das ist das Land der schönsten Tiere und der schönsten Menschen.

Dieser Ausspruch stammt von Herodot. Er kannte nicht den Afrikaaner Ohm van der Merwe und seine Söhne Janni und Jacobus. Bekanntlich läßt sich über Schönheit streiten. Wenn Rousseau recht damit hatte, daß alles Natürliche schön ist, dann waren die van der Merwes schön. Sie besaßen den Charme von Nilpferden und den Schmelz von Warzenschweinen. Ihre Jacken hatten kurze Ärmel, ihre Hosen kurze Beine, ihre Schädel kurze Haare, die man nicht sah, denn auf ihren kantigen Köpfen klebten ständig Safarihüte mit imitiertem Leopardenband. In den Kniestrümpfen trugen sie Kämme, so als wüßten sie, daß sie lausigen Zeiten entgegengingen. Ohm van der Merwe erinnerte an einen Elefanten, nicht nur wegen der Ohren. Er verfügte über zwei Zähne, lang und elfenbeingelb. Um den Mund herum war er so faltig wie ein alter Dickhäuter um den After. Er glaubte an Gott. Sein Gewissen war rein. Er benutzte es selten. Seife mochte er nicht. Er roch wie ein nasser Hund.

Janni, der Ältere, hatte verfilzte rotblonde Haare wie ein Hochlandlöwe. Die kurze, aber dichte Mähne reichte vom Scheitel über die Brust bis zum Schwanz in einem Stück, denn er trug einen Bart. Seine Stimmlage variierte zwischen Ochsenfrosch und lachender Hyäne, je nach Whiskykonsum in der Nacht davor. Er spuckte ständig Sonnenblumenkerne durch die Gegend und kratzte sich wie ein junger Schakal. Sein Gesicht war leer wie das Land.

Jacobus schaute aus listigen Affenäuglein in die Welt. Seine Sommersprossen waren zahlreicher als die Sterne über Nordtransvaal. Er latschte auf mächtigen Plattfüßen durch den Tag. Kein Großwild unterhalb des Äquators hinterließ breitere Fußspuren als Jacobus. Seit ihn ein Pferd getreten hatte, aß er am liebsten Maisbrei. Seine Zahnlücke reichte von einem Ohr zum anderen. Wenn er sprach, stotterte er, aber es fiel nicht auf, denn er sprach nicht oft.

Die van der Merwes waren steinreich: Auf ihrer Farm gab es vor allem Steine. Rondebosch – so hieß die heimatliche Mondlandschaft – war so groß wie ein deutscher Landkreis, und doch wuchs hier weniger als in einem städtischen Schrebergarten. Daß dem so war, lag nicht so sehr am Wassermangel als vielmehr an den Affen.

Die »Bloddy Bobberjahns«, wie sie die Paviane nannten, waren so lästig und dreist wie die Kaffern am Bantubahnhof in Johannesburg. Sie klauten alles, was nicht niet- und nagelfest war. Gerissen wie Kapmalayen und organisiert wie rhodesische Terroristen lagen sie ständig auf der Lauer. Obwohl sie keine Waffen besaßen, waren sie den van der Merwes überlegen. Noch aus einer Entfernung von zweihundert Doppelschritten vermochten ihre flinken, eng beieinanderstehenden Augen einen harmlosen Spazierstock von einer Schrotflinte zu unterscheiden. Sie ließen sich nicht überlisten. Und was half es schon, wenn man wirklich mal einem von den langschwänzigen Gaunern eins aufs Fell brannte. Dann waren die trauernden Hinterbliebenen nur um so vorsichtiger. Denn die Getroffenen schrien meistens so fürchterlich, daß man es noch auf der Nachbarfarm hinter den Drakensbergen hörte. Traf man sie in den Bauch, so griffen sie sich in die offene Wunde, um den Schmerz wie einen Dorn herauszuziehen. Dabei rissen sie sich ihre eigenen Därme aus dem Leib, in denen sie sich kreischend verhedderten. Auch Hunde halfen nicht. Sie hatten keine Chance. Die ausgewachsenen Paviane hatten Eckzähne wie Leoparden. Sie kämpften mit vier Händen.

Die Affen hielten sich für die Herren des Landes und betrachteten die menschlichen Zweibeiner als zugezogenes Ungeziefer. Die van der Merwes dachten das gleiche, nur mit vertauschten Fronten. So lebte man nebeneinander – mit Abstand, versteht sich – auf dem gleichen Boden. Und da man den anderen nicht abschaffen konnte, übersah man ihn mit Verachtung. Man benahm sich wie die Schwarzen und Weißen im Land. Apartheid nennt man das hier. Weiter nördlich heißt es Koexistenz. Es ist dasselbe Affentheater.

Wieder einmal hatten die Bloddy Bobberjahns den Mais verwüstet, bevor er reif war. Ja, wirklich verwüstet, nicht etwa gefressen. Die Zerstörung geschah immer nach dem gleichen Schlachtplan.

Sie kamen in einer mondlosen Nacht. Der alte Leitaffe – eine stattliche Erscheinung mit dem Haupt von Konrad Adenauer auf dem Rumpf von Idi Amin – stieg als erster ins Feld. Hastig und ohne zu kauen fraß er sich satt. Dann pflückte er einen Maiskolben, klemmte ihn sich unter den Arm, damit er die Hände frei hätte für den nächsten. Flink riß er die zweite grüne Spindel von der Pflanze, hob den linken Arm an – der erste Kolben fiel zu Boden – und klemmte sich die zweite Feldfrucht unter. Jeder

Affe hatte nie mehr als einen Maiskolben unter dem Arm. Die anderen fielen auf die Erde und wurden zertreten.

Für die Farmer war dieses hirnlose Ernten ein makabrer Beweis für den Schwachsinn der Affen. In Wirklichkeit bezeugten die Paviane mit dieser Verhaltensweise ihre enge genetische Verwandtschaft mit den Menschen, deren hervorstechendste Eigenart es ist, mehr zusammenzuraffen, als sie wirklich benötigen.

Als Janni vor die Haustür trat, lag das Maisfeld in der Morgensonne wie ein Truppenübungsplatz nach einem Panzermanöver. Im Sturmschritt rannte er ins Haus, riß sein Schrotgewehr aus dem Kleiderschrank und ließ den Landrover an. Noch im Schlafanzug raste er los.

Die Paviane lagen vollgefressen und müde von der Nachtarbeit auf ihrem Lieblingsfelsen und sonnten sich. Janni fuhr den Geländewagen so dicht an die Felswand, wie es die herabgestürzten Steine zuließen. Er bremste, riß die Flinte hoch ... Die Affen waren verschwunden.

Er wartete, Gewehr im Anschlag. Die Grillen zirpten. In der Ferne bellte ein erschreckter Duiker. Zwei Gänsegeier zogen ihre monotonen Kreise in den blassen Morgenhimmel. Janni begann zu zittern. Salziger Schweiß lief ihm in die Augen.

Erst als er die Waffe wütend in den Wagen schleuderte, tauchte das Gesindel wieder auf. Janni bebte vor Zorn.

»Ihr Sausäcke, ihr englischen«, schrie er, »ihr stinkendes Kafferngesindel, ihr Kommunisten, euch werde ich es zeigen. Wartet nur, euch werde ich es noch zeigen!«

Und da er nicht wußte, was er ihnen zeigen sollte, so riß er vor ohnmächtiger Wut die Hose herunter und zeigte den Affen seine ganze nackte Verachtung. Die Paviane nahmen die Herausforderung an. Sie bellten und kreischten, fletschten die Zähne und zeigten dem Menschen ihre Hinterteile. Es war ein Spektakel wie in einer Unterhausdebatte kurz vor Kriegsausbruch.

Ein paar Abende später saß der Ohm im Schaukelstuhl auf der Terrasse und las in einer Tageszeitung, die einen Monat alt war. Da sah er die Anzeige.

Er pfiff durch seine zwei Zähne und kratzte sich. Dann rief er seine Söhne.

Janni und Jacobus lasen schweigend mit mümmelnden Lippen, daß das Medical Research Centre der Universität Pretoria Paviane zu Forschungszwecken suche. Gute Bezahlung wurde zugesichert. Es folgte eine Anschrift mit einer Telefonnummer.

»Wenn das stimmt, Boys, dann sitzen wir hier auf

einer Goldmine. Wenn wir für jeden Bloddy Bobberjahn nur hundert Rand bekommen, dann sind wir Millionäre. Ist euch das klar?«

Sie schlugen sich krachend auf die Schultern, boxten sich wie übermütige Kinder in die Rippen und schmiedeten bis tief in die Nacht hinein Pläne, so als hätten sie das Geld bereits auf dem Konto der Volkskaas Bank. Die Paviane aber träumten auf ihren Felsen von saftigen Maiskolben.

Drei Tage später kam Jacobus von Middelburg zurück. Er hatte mit Pretoria telefoniert.

»Wißt ihr, was die für einen Bobberjahn zahlen?«

»Na los, sag schon!«

»Fünfhundert Rand. Fünfhundert!«

»Donnerwetter«, seufzte der Ohm.

Allmählich begannen sie die Paviane zu mögen.

Das Geschäft war angelaufen. Eigentlich gab es nur noch ein Problem: Wie kriegte man die Affen von Rondebosch in die Universität von Pretoria?

Am elegantesten wäre die Jagd mit einem Betäubungsgewehr gewesen, aber die Paviane waren Pazifisten und hatten etwas gegen Waffen.

Janni machte den Vorschlag, ein paar hundert Schakal-Eisen zu kaufen und einfach überall aufzustellen.

»Quatsch«, sagte Jacobus, »die Fallen zerquetschen den Viechern die Füße und die Pfoten, und wer kauft schon beschädigte Ware? Besser, wir buddeln Fallgruben.«

»Und wie holen wir die tobenden Bobberjahns aus den Löchern?«

»Wir geben ihnen eins auf den Schädel.«

»Hirnlose Bande«, brummte der Ohm. »Die Professoren wollen unsere Affen nicht verwursten, sondern studieren. Wir brauchen einen Käfig und einen Köder.« Und so geschah es.

Aus altem Baustahlgewebe bastelten sie eine Gitterstube von acht mal acht Fuß im Grundriß. Sie stellten die Falle in das zerstörte Maisfeld. An die geöffnete Tür banden sie einen Strick, der bis zum Farmhaus reichte. Als Köder benutzten sie frischen Mais.

Es war Neumond. Der Wind trug den Duft der süßen Kolben zu den Felsen. Die Paviane kamen gegen Mitternacht. Ihre geschwänzten Schatten umhuschten das ungewohnte Gitterwerk. Sie witterten die Gefahr, aber die Verlockung war stärker. Der Leitaffe stieg in den Käfig. Er begutachtete den Köder. Die Männer hörten ihn schmatzen.

»Jetzt!« flüsterte Jacobus.

»Noch nicht!« befahl der Alte. Er war ein guter Angler und konnte abwarten.

Als der Anführer gefressen hatte, drängten die anderen Männchen nach.

»Los!« brüllte der Ohm. »Jetzt!« Sie rissen die Leine, die Tür fiel ins Schloß, und dann war der Teufel los. Es war wie bei einer Fußballweltmeisterschaft, wenn das Entscheidungstor fällt.

Drei große Paviane tobten in der Falle.

So hatte es begonnen.

Zwei Dutzend Affen fingen sie ein. Dann blieben die Fallen leer. Die Paviane von Rondebosch spielten nicht mehr mit, sosehr man sie auch lockte. Paviane gab es überall. Das Land war weit, und jedermann war dankbar, wenn man die Bobberjahne dezimierte. So zogen sie von Farm zu Farm.

Der alte van der Merwe und seine Söhne hatten den Affenfang zu einem stierkampfartigen Ritual entwickelt, bei dem ein jeder seine feste Rolle spielte wie beim Theater. Gemeinsam stellten sie den schweren Käfig auf. Den Köder legte der Alte. Fachmännisch wie ein Berufsfischer zog er im rechten Augenblick die Leine.

Hatte der gefangene Affe sich ausgetobt, so trat Jacobus in Aktion. Er schritt wie ein Storch um den Käfig, hüpfte und balzte wie ein übergeschnappter Vogel Strauß. Seine Arme wirbelten wie ein Ventilator auf Schaltstufe drei. Plötzlich blieb er stehen, legte den Kopf in den Nacken und spielte heulende Hyäne oder hopsender Frosch. Er streckte dem Gefangenen die Zunge heraus, schoß Purzelbäume, wackelte mit den Ohren, quietschte wie eine Sau und schielte zum Steinerweichen.

Der arme Affe, der so etwas Idiotisches noch nie gesehen hatte, starrte wie gebannt auf den seltsamen Vogel, den er nicht in seinen Erfahrungsschatz einzuordnen vermochte. Er zitterte vor Aufregung am ganzen Körper. Jacobus umblödelte den Käfig so lange, bis der Pavian durch die Gitterstäbe langte und nach ihm griff. Das war der Augenblick, auf den er gewartet hatte. Er faßte das behaarte Handgelenk, stemmte die Füße gegen das Gitter und zog mit aller Kraft den Affenarm nach draußen. Es war ein Duell wie beim Fingerhakeln in Oberbayern.

Das Ganze geschah in Sekundenschnelle.

Nun erschien Janni auf der Bühne des Geschehens. Er haute dem Affen eine Injektionsspritze mit einem Narkotikum in den Unterarm und zählte wie ein Ringrichter: »Eins, zwei, drei vier ...«

Spätestens bei neun ging jeder Pavian auf die Bretter. Dann hatten die Männer drei Minuten Zeit, den Bobberjahn in eine Holzkiste zu nageln. Bei längeren Betäubungszeiten entschliefen die unfreiwilligen Patienten für immer, und der ganze Aufwand war vergebens.

Wenn der Bobberjahn erwachte, hockte er in seiner engen Kiste wie ein Rollschinken in einer Konservenbüchse.

Acht Kisten kriegten sie auf ihren Landrover. Es waren auch schon zehn. Bei einer dieser Gruppenreisen geschah es dann.

Der zwölfte Januar war ein typischer Hochsommertag. Seit Monaten hatte es nicht geregnet. Das Gras war so trocken wie schlechter Tabak. Die Paviane fanden nichts zu fressen und sprangen auf die Köder.

Die Männer hatten einen guten Fang gemacht. Neun Kisten lagen auf der Ladefläche. Der Tag war heiß. Der Durst war groß, und die Straßen nach Pretoria sind lang und staubig. Wasser ist gut. Whisky ist besser, aber er taugt nicht zum Autofahren. Als sie – fast schon am Ziel – auf dem Universitätsgelände in die Kurve gingen, kippte eine Kiste von der Ladefläche. Sie fiel und zerbrach splitternd auf dem Asphalt. Heraus schlüpfte wie ein Küken aus dem Ei der größte Pavian, den sie gefangen hatten. »Scheiße«, sagten die Männer wie im Chor, und das war es auch. Der Bobberjahn fletschte knurrend sein Leopardengebiß. Das Licht blendete ihn. Er wußte mit seiner plötzlichen Freiheit nichts anzufangen und war so hilflos wie jeder junge Mann, der zum ersten Mal Universitätsgelände betritt.

Da sah er die offene Kellertür mit der Aufschrift *Eintritt verboten!* Drei, vier riesige Sätze, und schon war er verschwunden. Doch er hatte seine

Rechnung ohne Jacobus gemacht. Kaum hatte ihn der Raum verschluckt, da war der ältere der beiden Brüder schon aus dem Wagen. Ohne zu überlegen, hetzte er dem Ausreißer nach. Als er durch die Tür schoß, sah er, daß der Raum nur klein war, drei mal drei Meter höchstens. Er prallte gegen die Wand, fiel und fand sich Aug' in Auge mit dem großen Affen. Beide wollten fliehen. Keiner wagte sich zu rühren. Sie hielten den Atem an. Vier Augen voller Panik. Zwei hämmernde Herzen. Die Enge des Raumes zwang zum Zweikampf. Die Muskeln des Affen spannten sich zum Sprung. Das Weiße in seinen Augen war gelb vor Angst und Haß. Da ... da fiel die Tür ins Schloß. Die plötzliche Dunkelheit traf sie wie ein unerwarteter Schlag. Zitternd hockten sie in gegenüberliegenden Ecken und bangten, was der andere wohl unternehmen würde.

Ohm van der Merwe hatte im letzten Augenblick die Tür zugeschlagen. Jetzt standen Vater und Sohn draußen und grübelten.

»Wenn wir die Tür aufstoßen, werden beide das gleiche tun«, sagte der Alte. »Beide werden versuchen abzuhauen. Sie werden auf der Schwelle zusammenrasseln und dann ...« Er sprach den Satz nicht zu Ende. »Vielleicht ist der Affe schneller«, meinte Janni. Sie rauchten eine halbe Packung Zigaretten. Dann holten sie einen Schraubenschlüssel und einen Vorschlaghammer aus der Werkzeugkiste im Landrover. Sie stellten sich breitbeinig vor der Kellertür auf.

»Eins, zwei, drei!«

Rums machte die Tür. Zwei Schatten schnellten aus dem Dunkel dem flimmernden Licht entgegen, berührten sich, explodierten. Dann waren Janni und der Ohm mit dem eisernen Werkzeug dazwischen. Der Affe starb mit zerschmettertem Schädel. Der rechte Arm von Jacobus war ab, abgebissen. Er hing an einem Hautfetzen und zwei Sehnen.

»Sieht nicht gut aus«, sagte der Ohm.

Hinzu kam eine Gehirnerschütterung, weil Janni mit dem Schraubenschlüssel zweimal daneben gelangt hatte.

Wenn das Gemetzel nicht im Keller der medizinischen Fakultät stattgefunden hätte, so wäre Jacobus ausgeblutet wie ein Spanferkel. So aber standen bereits wenige Minuten nach dem Schlachtfest die besten Ärzte des Landes um den Operationstisch. Als Jacobus erwachte, saß der Arm wieder da, wo er hingehörte. Janni und der Ohm standen an seinem Bett, die Hüte in den noch blutigen Pranken.

»Habt ihr ihn gekriegt?«

»Wen?«

»Na den Affen.«

»Na klar!«

Beruhigt schlief Jacobus wieder ein.

Am Ende der Woche sah der Arm aus wie eine Leberwurst, die vier Wochen in der prallen Sonne gelegen hat.

»Wir müssen amputieren«, sagte der verantwortliche Arzt.

»Was sagt er?« fragte der Ohm, der sich in Fremdwörtern nicht so auskannte.

»Sie wollen den Arm abschneiden«, sagte Janni.

»Aber sie haben ihn doch gerade erst angenäht. Weiß denn hier keiner, was er will?« Und bevor der Doktor etwas einwenden konnte, sagte der Ohm: »Der Arm bleibt dran.«

Nachts hielten sie bei Jacobus Wache und paßten auf, daß ihm nichts abgeschnitten würde. Der Oberarm war so dick wie ein Fußball. Jacobus war meistens bewußtlos.

»Wenn wir nichts unternehmen, wird er sterben«, sagten die Ärzte.

»Er hat Schlimmeres überstanden. Sie hätten mal sein Bein sehen sollen, als er sich auf die Puffotter gesetzt hat. Es war so schwarz, als hätte ihm der Liebe Gott aus Versehen ein Kaffernbein angeschraubt.«

Drei Tage später war Jacobus tot.

»Na, wenigstens hat er noch seinen Arm«, sagte der Ohm, als sie ihn begruben.

Zu der Zeit waren sie bereits Profis. ›The Bobberjahn Brothers‹, das war ein Begriff wie ›The Rolling Stones‹ oder ›The United States of America‹. Sie lieferten bis nach Kapstadt. In ihrer Kundenkartei standen so prominente Namen wie Professor Barnard.

Das war nun vorbei.

Eines Tages war er einfach da, so wie ein Straßenköter, der einem zuläuft. Der Schwarze saß am Gartentor und beschnitzte ein Stück Holz. Sein Lächeln war wie das Schwanzwedeln eines jungen Hundes. Seine Augen machten Männchen. Hätte man ihn nicht beachtet, so wäre er genauso unauffällig verschwunden, wie er aufgetaucht war. Da man ihm was zu fressen gab, blieb er mit dankbaren Hundeaugen. Sie nannten ihm Lumumba.

Er war schlaksig wie ein neugeborenes Pferd. Bis auf die Zähne war alles an ihm schwarz, sogar sein weißes Hemd. Seine Haare waren kurz, kraus und dünn gesät. Der Ohm sagte: »Dem sind die Haare ins Gehirn gewachsen. Das, was da rausguckt, sind die Wurzeln.«

Lumumba kam genau im richtigen Moment. Den Affenfängern fehlte der wichtigste Mann, nämlich der Tänzer. Lumumba war ein Naturtalent. Wenn er um den Käfig schlackerte wie eine Marionette mit gerissenen Drähten, dann stand den gefangenen Pavianen vor Staunen das Maul offen. Er war irrsinnig komisch und erfand immer wieder neue Pantomimen. Bei einer dieser Vorführungen mußte Janni so lachen, daß er aus Versehen dem Schwarzen die Betäubungsspritze in den Arm rammte. Lumumba ging zu Boden wie ein Pavian, und die van der Merwes lachten wie Hyänen. Es hätte nicht viel gefehlt, und sie hätten ihn vor lauter Übermut in eine Kiste genagelt und bei der Universität abgegeben.

Das Gelände der Abteilung für Tierversuche war fast so groß wie ein Sportplatz. In der hintersten Ecke standen die Käfige für die Paviane. Es gab kleine Gefängnisse und große, sogar eine Art Freigehege mit einem Affenfelsen, um das Gruppenverhalten der Tiere zu studieren.

Die meisten Paviane waren Versuchsobjekte der Herzforschung, ein Gebiet, auf dem Südafrika ja bekanntlich eine führende Position einnimmt, dank Professor Barnard und den Bobberjahn Brothers. Wenn die Männer ihre Ware abgeliefert und das Kopfgeld kassiert hatten, so gingen sie bisweilen zu den Käfigen, um die Früchte ihrer Arbeit zu besichtigen. Dann sagten sie:

»Siehst du, Janni, das ist der braune Bomber, der dir fast den Arsch abgebissen hat.« Oder:

»Ohm, ist das nicht der kleine mickrige Hinkefuß? Hättest du gedacht, daß der mal Kettenraucher werden würde?«

Der junge Pavian saß schwerfällig und fett in seinem engen Käfig. Man hatte ihn süchtig gemacht. Jetzt rauchte er wie weiland Winston Churchill pausenlos dicke Havannas. Zwischendurch trank er starken süßen Kaffee, schmatzte cholesterinhaltige Sahnetorte oder schlürfte Eierlikör, bis ihm ein menschlicher Wohlstandsinfarkt das Lebenslicht auslöschte.

In einem anderen Gehege vernaschte ein Pavianjüngling ein voll entwickeltes saftiges Weibchen mit lachsrotem Popo. Er stand hinter ihr wie ein Reiter hinter seinem Pferd. Im Nachbarkäfig – nur wenige Schritte von den jungen Liebenden entfernt – schäumte ein riesiger Bobberjahn seinem Kreislaufkollaps entgegen. Auf freier Wildbahn hätte er den lüsternen Grünschnabel zu Hackfleisch verarbeitet. Er war der Stärkere. Der heiße lachsrote Popo gehörte ihm, ihm, ihm …

Seine Nerven vibrierten. Speichel rann ihm aus der Schnauze. Sein Herzmuskel verkrampfte sich. Er hatte einen Blutdruck wie der Managing Director eines Rüstungskonzerns.

Lumumba hatte nur Augen für das lustgierige Liebespaar. Die Bewegungen des Männchens wurden immer schneller. Das Weibchen stöhnte.

›Affe müßte man sein‹, dachte er.

Der Schwarze war nicht nur der geborene Tänzer, er war vor allem ein guter Fallensteller mit dem sicheren Instinkt aller Naturkinder. Schon bald begann er das Jagdsystem so zu vereinfachen und zu verbessern, daß sie auf die lästigen großen Käfige ganz verzichten konnten. Er konstruierte Fallen, die die Paviane einklemmten, ohne sie zu verletzen. Er hatte ein äußerst feines Gespür dafür, wie fest die Falle einen Affenschwanz einklemmen mußte, ohne ihn zu zerquetschen und um ihn dennoch an der Flucht zu hindern. Die van der Merwes machten ihn zu ihrem Teilhaber. Er bekam für jeden Bobberjahn seinen festen Anteil.

Sie waren ein gut eingespieltes erfolgreiches Team. Sie waren Männer, die ihr Fach verstanden.

Vielleicht gäbe es heute in Transvaal keine Paviane mehr, wenn ... ja, wenn eben nicht alles ganz anders gelaufen wäre.

Das Schicksal kam auf zwei langen braunen Beinen mit mächtigen Brüsten und hieß Miriam. Sie hatte eine Haut wie Vollmilchschokolade und die Augen einer Kudu-Antilope. Sie sprach mit rauchiger Stimme. Wenn sie sich bewegte, verschob sich der Stoff über ihren Hüften wie das Rückenfell eines jagenden Leoparden.

Lumumba hatte sie bei einer Beerdigung auf einer

Nachbarfarm kennengelernt. Sie hatten miteinander geweint, gesoffen, getanzt und gezankt. Als er morgens wach wurde, lag sie in seinem Bett. Sie blieb. Er nannte sie My Miriam und betrachtete sie als sein Eigentum. Nachts zerbiß sie ihm die Schultern. Tagsüber schaffte sie im Farmhaus, stopfte Wollsocken für alle, flickte Unterhosen und scheuerte die Wohnzimmerdielen, daß man sich kaum noch traute, auf den Fußboden zu spucken.

Der Ohm liebte ihren Hammelcurry mit Millipapp und vor allem ihren Schokoladenpudding.

Lumumba liebte ihren nackten Leib, von vorne und von hinten. Und Janni? Janni genoß ihren Schokoladenpudding und ihren schokoladenbraunen Leib. Lumumba war wie alle Schwarzen ein Autonarr. Er erledigte alle Einkaufsfahrten, vom Pulverkaffee bis zum Schmieröl für die Wasserpumpe. Es gab täglich etwas zu besorgen. Der nächste Ort war Mittelburg. Lumumba fuhr wie der Teufel. Seine Bestzeit lag bei drei Stunden und acht Minuten, genug Zeit für Janni und Miriam. Ihre Bestleistung lag bei vier Durchgängen.

Sie trafen sich im alten Holzschuppen.

Der Schuppen war Rumpelkammer für alles. Er war Garage, Werkstatt, Scheune und Lagerraum für Maisstroh, Brennholz und Benzin. Sie liebten sich zwischen Futtersäcken, im Maisstroh und auf der hölzernen Werkbank. Weiß auf Schwarz, Schwarz auf Weiß, Schlagsahne auf Schokolade. Da war ein Rascheln, Flüstern, Kichern und Stöhnen wie in einem französischen Freudenhaus. Nur gut, daß der Ohm so schwache Ohren hatte.

Miriam wurde von Tag zu Tag schöner. Sie blühte wie eine Blume, die man fleißig begießt, und das taten Lumumba und Janni weiß Gott.

Selbst der Ohm träumte in seinem Schaukelstuhl von ihren wiegenden Hüften. Er wurde auf seine alten Tage noch eitel, wusch sich mit Seife und wechselte die Wäsche.

Miriam saß nackt auf der Werkbank. Sie umschlang ihren Janni mit Armen, Beinen, Schoß und Lippen. Wenn ihre negroiden Sauglippen mit seinem zahnlosem Mund zum Kuß verschmolzen, so war das wie eine fleischliche Vereinigung von knochenlosen Weichtieren. Janni stand vor der Werkbank und hobelte in ihren Armen am zweiten Meisterstück des Tages. Er trug nur Schuhe und Safarihut, erstere wegen der rostigen Nägel, und den Hut? Nun, weil es keinen Grund gab, ihn abzusetzen.

Warum sollte er? Eigentlich hätten sie auch ins Haus gehen können. Der Ohm war für zwei Tage bei seiner Schwester. Aber warum sollten sie?

Janni sah, wie sich Miriams Augen weiteten. Sie

wurden dunkel und tief, so als sei da etwas, von dem Janni nichts ahnte. Erstaunen? Wollust? Panik? Wer kennt sich bei den Weibern schon so genau aus? Ihr sinnlicher Mund formte einen Schrei. Janni bemühte sich wie ein rammelnder Hase, um mit ihr gemeinsam den Gipfel der höchsten Glückseligkeit zu erreichen.

Es traf ihn wie ein Blitzschlag. Seine Knie wurden so weich wie sonst nur vom Whisky.

›Welch ein Orgasmus!‹ dachte er. Dann fiel er in blühende Tulpenbeete. Warum sangen die Englein so schön? Da traf ihn der nächste Schlag.

Als er wieder zu sich kam, lag er über der Werkbank. Sein Schädel dröhnte wie ein leeres Faß. Jemand griff in seine Haare und zog ihn hoch.

»Lumumba, du?«

Alles drehte sich so wunderlich in bunten Kreisen. Mein Gott, war er blau! Lumumba. Er sah, wie der Schwarze die Affenfalle fertigmachte. Nein, es war gar nicht die Affenfalle. Es war der Schraubstock auf der Werkbank. Lumumba drehte an dem waagrecht stehenden eisernen Griff wie an einer Kaffeemühle. Warum war er bloß so wütend? Die Backen des Schraubstockes öffneten sich wie eine gähnende Kneifzange. Und dann sah er den Affenschwanz, ein Schwänzchen, nackt und bloß, ganz dicht vor sich. Lumumba zog es in die Falle. Jetzt drehte er den Schraubstock zu, langsam und mit Gefühl.

Aber wo war der Affe?

Nein! Der Schmerz raste durch seinen Leib wie glühendes Eisen. Plötzlich war er hellwach.

Er erstarrte zu Eis. Jetzt zog Lumumba die Stange zum Drehen aus dem Schraubstock. Er schleuderte sie durch die offenstehende Tür in den Hof.

Der jüngste van der Merwe hing in der Falle wie ein Pavian. Er durchlebte die Verzweiflung aller Affen, die er je gefangen hatte. Alle hatten versucht, sich zu befreien, aber niemals war es einem Bobberjahn gelungen, seinen Schwanz aus der Falle zu ziehen. Lumumba verstand seinen Job. Es war aussichtslos. Ohne den eisernen Handschwengel aber ließ sich der Schraubstock nicht öffnen.

Der eiserne Schwengel!

»Lumumba! Hör mal, Lumumba. Das mit Miriam ... weißt du ... Lumumba? Hör doch mal!«

Der Schwarze hörte nicht hin. Man sah es ihm an. Er konzentrierte sich. Ganz langsam und mit geschlossenen Augen tat er den ersten Schritt. Er war wieder der Tänzer. In seiner Falle hockte der Bobberjahn mit schmerzverzerrter offenstehender Schnauze. Und Lumumba tanzte. Er schritt wie ein Marabu, umflatterte sein Opfer wie ein geblendetes Huhn mit schief liegendem Kopf, klatschte in die

Hände, stampfte den Boden, brüllte vor Lachen, spielte hopsender Frosch und heulende Hyäne, schwieg und quietschte wie eine rostige Säge. Er tanzte und spielte alles, was er konnte. Dann blieb er stehen wie ein abgelaufenes mechanisches Spielzeug. Er war am Ende. Man sah es ihm an. Er war leergebrannt. Plötzlich hatte er sein altes Schnitzmesser in der Hand. Die aufgeklappte Klinge blitzte. Janni wollte schreien, aber sein Hals war wie zugeschnürt. Lumumba nahm das Messer zwischen die Zähne, riß ein Zündholz an und legte Feuer in das trockne Maisstroh. Die Flamme prasselte wie eine Klapperschlange.

Schweigend warf er das stumpfe schartige Messer vor Janni auf die Werkbank und ging, ohne sich umzusehen. Das Feuer züngelte dem Brennholz zu. Daneben standen die Benzinkanister.

Janni hörte den Landrover davonfahren.

Dann war er allein.

Er mußte sich entscheiden.

Wenn Steine sprechen

Irland, die grüne Insel.

Wer immer diesen keltischen Felsbrocken im Abseits des europäischen Spielfeldes so getauft hat, war farbenblind. Grün ist das Land nur dort, wo es zufällig nicht braun ist.

Die Palette der erdfarbenen Töne ist so üppig, daß Rembrandt seine helle Freude an ihr gehabt hätte: Heidebraun, verwittertes Steingrau, Ocker stumpf wie getrockneter Torf oder blank wie nasser Sand, mooriges Schwarzbraun, Farbtöne von altem Leder und Lehm. Kahler rissiger Fels schimmert braunviolett aus der Ferne mit rostigen Moosflanken. Bernsteinfarbene Flechten mischen sich mit rotblonden Gräsern.

Bäume sind so rar wie in Brooklyn, und das Weideland ist nur grün, wenn es der blassen Nordsonne gelingt, einen scheuen Blick durch die mächtigen Wolkenknäuel zu werfen, die der atlantische Westwind weich und warm wie weidende Schafe vor sich hertreibt. Doch schon löscht der Regen das Farbfeuer. Graubraun ist die Farbe der Asche.

Nein, Irland ist nicht grün, aber braun ist die Lieblingsfarbe der Iren, goldbraun wie der Whiskey und das Guinness in den Kneipen von Dublin und Cork oder kastanienbraun wie das Fell der jungen Rennpferde auf den Weiden von Kildare. Mit der sprichwörtlichen Gerechtigkeit der Menschen, die hier leben, wird der magere Wochenlohn in drei gleich große Scherflein aufgeteilt, eins für das Pub, eins für das Wettbüro und eins für die Familie. Was übrigbleibt, kommt in den Klingelbeutel, denn wer das Glück herausfordert, braucht den Beistand der Heiligen. Gütiger Gott, gib daß ›Pretty Boy‹ gewinnt! Heiliger Sankt Patrick, mach dem Gaul Beine!

Die Männer in Limerick leben nach dem Grundsatz: arbeiten und beten ist gut, saufen und wetten ist besser. Sonntagmorgen sind hier alle Kirchen voll und Sonntagabend alle Männer. Zwischendurch wird die Arbeitslosenunterstützung auf ›Pretty Boy‹ gesetzt oder auf ›Lollipop‹. Auf eine Kirche kommen acht Wettbüros und auf jedes Wettbüro zehneinhalb Kneipen, die hier Pubs heißen. Es gibt viele Kirchen in Limerick, der »frommsten Stadt der Welt«.

Irrte Gott, als er Irland erschuf?

Dies ist die Geschichte von Patrick Mac Kibben, geboren am 3.3.33 in Limerick am linken Shannon-Ufer.

Gott sei seiner Seele gnädig!

Patrick war ein Sonntagskind. Nicht nur, daß er am beliebtesten Tag der Woche mit seinem Lebenslauf begann. Bei seiner Ankunft – Ihr werdet es kaum glauben – schien die Sonne, ein Ereignis, das am Shannon so häufig vorkommt wie Schneetreiben am Nil.

Mutter und Kind waren wohlauf. Kieran, der glückliche Vater, sprach noch auf seinem Sterbebett von diesem schönsten Tag in seinem Leben. Der Hengst ›Aenghus‹ war als Außenseiter mit einer Chance von 1:30 durch die Zielgerade gekommen. Old Mac Kibben hatte an diesem Tag ein Drittel seiner Holzbeinrente verdreißigfacht. Hei, wie da der Whiskey floß! Schneller als der Shannon.

Patrick war von Anfang an ein Günstling der Götter. Er war einer von der seltenen Art, die die Sprache der Steine verstehen.

Irland ist die Insel der beseelten Steine. Nirgendwo sonst auf der Welt ist das Gestein so schicksalträchtig wie hier. Da gibt es magische Wunschsteine, die alle innig erflehten Wünsche erfüllen, und Felsspalten, durch die sich nur der zu quetschen vermag, der ohne Schuld ist. Da findet man heilige Vertragssteine, wie den von Kilmalkedar. Südlich von Cork liegt der Stein der Beredsamkeit, zu dem noch heute die Inselbewohner pilgern, um ihn zu küssen.

»Steine haben eine Seele«, sagen die Iren. »Sie sind weiser als wir Menschen, denn es gibt sie länger als uns. Sie sprechen zu dem, der sie versteht.«

Im Frühjahr 1966 sprachen die Steine zu Patrick Mac Kibben. Er hatte den ganzen Tag Torf gestochen. Sein Rücken schmerzte. Mittagsrast hielt er im Windschatten eines alten Oghamsteines, dessen seltsame Runen niemand mehr zu lesen vermag. Er nahm einen kräftigen Schluck aus seiner Whiskeyflasche und lauschte dem Flüstern des Windes. Da sprach der Stein zu ihm. Nicht wirklich mit menschlicher Stimme. Es waren mehr Bilder als Töne. Aber es waren auch keine Abbilder, wie man sie mit den Augen wahrnimmt. Die Buchstaben und Zahlen besaßen eigene Klangwerte und Farbtöne.

Patrick Mac Kibben verstand die Sprache dieses seltsam dröhnenden Regenbogens mit dem Herzen, denn er war nicht nur ein Sonntagskind, sondern vor allem ein Ire. In diesen Mitteilungen spielte die Zahl Drei eine dominierende Rolle, ein erdfarbener bräunlicher Dreiklang von höchster Reinheit. Nun ist die Drei von jeher die heilige Zahl der irischen Insel. Der Bogen reicht vom magischen Dreifuß der Druden bis zum Dreifaltigkeitsmysterium des katholischen Alltags. Es ist gewiß kein Zufall, daß die bedeutendste Universität des Landes den Namen St. Trinity trägt, das heißt Heilige Dreieinigkeit.

Patrick Mac Kibben erkannte in diesen klingenden Spiegelbildern seiner schicksalhaften Bestimmung, daß sein Leben der Zahl Drei zugeordnet war wie der Fisch dem Wasser oder der Ire dem Whiskey.

Geboren am 3.3.33 als drittes Kind im dritten Geschoß des dritten Hauses hinter der Kirche zur Heiligen Dreifaltigkeit. Mit dreizehn entdeckte er den Whiskey, mit dreiundzwanzig die Frauen. Drei Tage vor seinem dreißigsten Geburtstag vererbte ihm ein Verwandter dritten Grades, ein amerikanischer Dreiradfabrikant, ein kleines Vermögen, bestehend aus dreihundert Aktien zu dreißig Dollar das Stück. Er hatte an einem Dritten geheiratet, war Vater von drei Kindern und teilte seinen Wochenlohn von dreißig Pfund in drei gleich große Scherflein. An diesem Punkt angelangt, begriff Mac Kibben mit einem Mal die gewaltige Tragweite der Offenbarung. In seinem Kopf klingelten die Startglocken aller Flachrennbahnen zwischen Cork und Belfast.

Drei Tage vor seinem dreiunddreißigsten Geburtstag erschien Patrick Mac Kibben bei seinem Buchmacher und setzte dreimal dreitausend Pfund auf Sieg für den Hengst Trinity mit der Startnummer Drei.

Am dritten Dritten, drei Uhr dreißig, begann das Rennen. Patrick Mac Kibben war sich seiner Sache absolut sicher.

Er verlor seine Ersparnisse, sein Haus, seine Kreditwürdigkeit und sein Leben. Es traf ihn der Schlag. Gott sei seiner Seele gnädig!

Hatte der alte Oghamstein gelogen, hatte er sich geirrt? Irren ist menschlich. Steine irren nie.

Trinity kam als Dritter durchs Ziel.

Es lebe die Gerechtigkeit!

Als der Gouverneur Alphonso Sanchos Ferreira am Tag der Heiligen Theresa den Schlafzimmerbalkon seiner Sommerresidenz betritt, um wie jeden Morgen die Tauben zu füttern, zerreißt ihm ein Bleimantelgeschoß die Brust. Obwohl er auf der Stelle tot ist, steht er für einige Sekunden starr und unbeweglich wie ein Baum, durch dessen Stamm die Säge gefahren ist. Dann stürzt sein schwerer Leib auf die noch taufeuchten Marmorplatten der Veranda. Erschreckt fliegen die Tauben davon.

Am Abend des gleichen Tages befinden sich fünf Verdächtige in Untersuchungshaft. Man hat sie in der Nähe des Tatortes verhaftet. Sie haben kein glaubhaftes Alibi.

Die Festung steht auf steiniger Anhöhe über dem Hafen. Ihre Zinnen spiegeln sich im schmutzigen Wasser. Ein paar verrostete Kanonen zeigen zornig zum Horizont. Eine verblichene Fahne pendelt kraftlos im Wind. Die Zellen für die Gefangenen liegen unter der Erde. Boden und Wände sind aus gewachsenem Fels. Keine ist größer als fünf Quadratmeter. Spärliches Licht sickert durch ein vergittertes Loch in der Decke. Es ist gerade groß genug, um einen Mann an einem Strick herunterzulassen. Fenster und Türen gibt es nicht. Einmal am Tag werden Brot und Wasser gegen den Kloakeneimer ausgetauscht. Dann quietschen eiserne Scharniere, Schlösser schnappen, Ketten rasseln. Eimer scheppern blechern über Stein. Kurze bellende Befehle. Stiefelschritte.

Danach Schweigen, Leere, gnadenlose Stille. In regelmäßigem Abstand fällt ein Tropfen von der Decke. Dazwischen liegen Ewigkeiten, Abgründe, in denen der Wahnsinn lauert.

Fünf Männer warten in dieser Hölle auf ihren Richter. Vier Schwarze und ein Weißer. Einer von ihnen sei der Attentäter, so behauptet der Polizeichef Amilcar Alamdar, der neue Gouverneur und Herr der Inseln. Er wird den Schuldigen finden. Er hat es geschworen, bei Gott. Nach zehn Tagen Einzelhaft beginnen die Verhöre.

Die Männer werden getrennt vorgeführt. Keiner weiß, daß es noch andere Angeklagte gibt. Geblendet vom ungewohnten Licht, schmutzig, mit steifen schmerzenden Gliedern beschwören sie ihre Unschuld.

»Zigarette?« –

»Wir wissen, daß Sie es waren. Man hat Sie gesehen. Geben Sie es zu. Ein Geständnis wird Ihre Lage verbessern. Unterschreiben Sie, hier. Sie haben aus politischer Überzeugung geschossen. Man wird Sie wie einen Kriegsgefangenen behandeln: Spaziergänge an der frischen Luft, Zigaretten, anständiges Essen, ein Bad. Oder wollen Sie zurück in den Festungskeller? Es liegt bei Ihnen.«

Am schlimmsten sind die Nächte. Die Finsternis der unterirdischen Gewölbe ist total. In völliger Blindheit sind die Gefangenen den Ratten ausgeliefert. Ihre Bisse verursachen eiternde Wunden, die häufig zu Blutvergiftung, Fieber und Tod führen. Es wimmelt von Shangolollos, fingergroßen Tausendfüßlern, die sich aus den Kloakeneimern ernähren und über die Schlafenden kriechen. Wenn man nach ihnen schlägt, verspritzen sie eine übelriechende ätzende Flüssigkeit.

Die Verhöre werden immer schärfer. Im ersten Abschnitt heißt es noch: Verständnis entgegenbringen, an das Ehrgefühl appellieren, Hafterleichterung anbieten, Hoffnungen wecken. Allmählich ändert sich die Taktik.

Der Gefangene wird gedemütigt bis zum Selbstekel. Vor dem Verhör werden harntreibende Medikamente in das Trinkwasser gemischt.

»Was, Sie müssen schon wieder? Sie waren doch gerade erst. Lassen Sie das Theater. Suchen Sie keine Ausflüchte. Beantworten Sie meine Frage!«

Der Gefangene spürt, wie ihm der warme Urin an den Beinen herunterläuft. Auf dem Boden bildet sich eine übelriechende Pfütze.

»Du dreckiges Schwein!« Es hagelt Ohrfeigen.

»Dir Sau werden wir es zeigen. Los, wisch das weg! Nimm deine Jacke als Scheuerlappen.«

Ein Fenster wird geöffnet. Mit nassen Hosen klebt der Beschimpfte an seinem Stuhl. Der Harn juckt auf der Haut. Zur Strafe für sein widerwärtiges Verhalten bekommt er kein Wasser mehr. Der Durst lähmt die Zunge.

»Sprich lauter, du Bettnässer!«

Auf Drohung und Demütigung folgt die Folter. Die Perfidität ist perfekt, die Qual unbeschreiblich. Im Abstand von nur wenigen Stunden sterben zwei der Angeklagten. Ein Junge rennt sich an seiner Zellenwand den Schädel ein. Der zweite stirbt vor Angst. Herzversagen, steht auf dem Totenschein. Ein anderer öffnet sich die Adern. Die Flucht in den Tod mißlingt. Sie holen ihn zurück. Später gesteht er die Tat. Er beschuldigt seine Mitgefangenen der Beihilfe. Er ist in der Verfassung, in der man alles unterschreibt. Zwei Tage später erhängt er sich auf der Toilette zwischen zwei Verhören.

Der Herr der Inseln sitzt hinter seinem Schreibtisch, vor ihm steht der Chef der Geheimen Staatspolizei. »Von fünf Verdächtigen haben drei die Verhöre nicht überlebt. Ich will keine Ermordeten. Ich will einen Mörder. Ich will keine Hinrichtungen, sondern ein Geständnis. Ist das klar?«

Der Gouverneur spricht mit gefährlich sanfter Stimme. Esel schreien. Leoparden töten schweigend.

Antero Andrade, Chef der Geheimen Staatspolizei, mit dem Beinamen ›Hammerhai‹, spürt die drohende Gefahr.

Sie zielt wie ein entsicherter Gewehrlauf auf seinen Magen. Er fühlt sich wie eine Ratte in der Falle.

»Ich habe verstanden«, sagt er.

Im Halbschatten der Olivenbäume leuchtet die weiße Sommeruniform des Gouverneurs neben dem schwarzen Habit des Bischofs wie Meerschaum auf vulkanischer Asche. Ihre Schritte knirschen im Kies. Der Herr der Inseln spielt mit der Reitpeitsche:

»Glauben Sie an die Allmacht Gottes?«

»Wie bitte?« Der weißhaarige Oberhirte glaubt nicht recht verstanden zu haben.

»Glauben Sie daran?«

»Natürlich. Welche Frage! Wie können Sie zweifeln?«

»Seit zweiunddreißig Tagen suche ich einen Mörder, seit zweiunddreißig Tagen. Ich habe an Ferreiras offenem Grab geschworen, ihn zu finden.«

»Ich denke, Sie haben ihn.«

»Ich habe Verdächtige. Was mir fehlt, ist ein Geständnis. Einer von ihnen ist es. Ich weiß es. Aber welcher? Welcher?«

»Mit Gottes Hilfe werden Sie ihn finden.«

»Ja, mit Gottes Hilfe«, sagt der Gouverneur, und er sagt es so, daß der Geistliche erschrocken stehenbleibt: »Was haben Sie vor?«

»Ein Gottesurteil. Jeder Gefangene hat die Wahl zwischen zwei Losen. Zieht er den Zettel mit dem Totenkopf, so ist er des Todes. Ist sein Blatt leer, so ist er frei. Gott soll entscheiden. Er wird uns den Mörder zeigen. Oder zweifeln Sie an der Gerechtigkeit Gottes? Zweifeln Sie daran?«

»Nein, aber ... aber das ist doch ... «

»Ja oder nein? Hier gibt es kein Aber.«

Auf dem massigen Schreibtisch mit geschnitzten Löwenfüßen steht eine schmucklose Tonvase. Sie ist leer bis auf zwei zusammengefaltete Zettel.

Vier Männer sind im Arbeitszimmer des Gouverneurs, vier Männer und Gott als Richter. Nur er kennt den Mörder. Er kann ihre Gedanken lesen.

Der Gouverneur reißt ein Streichholz an. Er ist nervös. Durch den Rauch seiner Havanna beobachtet er den Angeklagten. Er denkt: ›Der Gringo ist gefährlich. Folter und Verhöre haben ihn nicht kleingekriegt. Er hat mit kalter Verachtung gelitten. Wenn er Ferreira erschossen hat, so sind seine Nerven aus Stahl. Ist er unschuldig, so haßt er mich für das, was ich ihm angetan habe. Sein Haß ist gefährlich, denn Männer wie er verzeihen nicht. Er muß sterben, und er wird sterben, denn beide Lose tragen einen Totenkopf. Er hat keine Wahl. Er ist bereits tot, und ich bin der einzige, der das weiß, denn ich habe die beiden Todeslose in die Vase gelegt. Seine Hinrichtung kann kein Gott mehr verhindern.‹

Der Chef der Geheimpolizei schaut aus dem Fenster. Denken ist nicht seine Stärke. Er ist ein Mann der Tat.

Der Bischof beobachtet den Gouverneur. Als Beichtvater kennt er seine Schafe. Er denkt: ›Du tötest einen Menschen, dessen Schuld nicht erwiesen ist. Du vernichtest ihn mit falschem Los und nennst das ein Gottesurteil. Du machst Gott zum Mörder. Das ist die fürchterlichste Todsünde, von der ich je gehört habe. Die ewige Verdammnis wäre dir gewiß, wenn ich dich nicht vor diesem Frevel bewahrt hätte. Ich habe die Lose in der Vase gesehen und vertauscht. Beide Zettel sind leer. Der Mann ist bereits frei. Seine Entlassung kann selbst Gott nicht mehr verhindern. Was immer er ziehen mag, er zieht die Freiheit.‹

Herr vergib uns unsere Schuld.

Dem Gringo haben sie die Handschellen abgenommen.

Er macht einen gelassenen Eindruck, so als sei er bloß Zuschauer und nicht Hauptdarsteller. Trotzdem ist er hellwach. Seinen Augen entgeht nichts. Er ahnt, was gespielt wird. Sie können ihn nicht einfach laufenlassen. In der Tonvase warten zwei Todesurteile.

Antero Andrade verliest den Beschluß des Gouverneurs auf portugiesisch. Der Gringo versteht nur Wortfetzen: Bei meiner Ehre … in Gotteshand … frei sein …

Man fordert ihn auf, ein Los zu ziehen.

Er greift in den Topf. Es ist totenstill im Raum.

Ohne zu zögern, holt er einen Zettel hervor. Der Gouverneur streckt ihm die geöffnete Hand entgegen. Ihre Blicke begegnen sich, halten einander fest.

Na, mach schon, sagen die Augen des Henkers, leg deinen Kopf auf den Klotz! Das Spiel ist aus.

Plötzlich steckt der Verurteilte den ungeöffneten Zettel in den Mund und verschluckt ihn. Totenstille!

Der Gouverneur findet als erster Worte:

»Sind Sie wahnsinnig?« faucht er. »Abführen!«

»Halt«, sagt der Gringo, »wenn ich das Todeslos verschluckt habe, so ist das Papier in der Vase leer. Wenn aber auf dem Los in der Vase ein Totenkopf ist – und das ist es bestimmt, denkt er –, so habe ich die Freiheit gewählt. Wenn wir das andere öffnen, so wissen wir, was ich gezogen habe.«

»Nein«, sagt der Gouverneur, der als erster die Lage erfaßt. Dem Gringo ist das Unmögliche gelungen. Er hat aus zwei Todeslosen die Freiheit gewählt.

Blitzschnell greift der Angeklagte zum Tontopf, um seinen Freispruch zu demonstrieren. Die Vase kippt, fällt und zerschellt auf dem Boden. Ohne zu zögern, hebt er das Los auf. Wieder begegnen sich ihre Blicke. In den Augen des Gouverneurs blitzt der Zorn des Verlierers. Triumphierend öffnet der Gringo das Papier. Das Blatt ist leer. Leer!

»Er hat den Totenkopf verschluckt«, sagt Antero, der neben ihm steht. »Er ist schuldig.«

»Unglaublich«, stammelt der Bischof. »Es ist unglaublich. Er hat aus zwei Freilosen den Tod gezogen.«

Der Gringo wird noch am gleichen Tag hingerichtet. Als man ihm die Augenbinde umlegt, sagt er: »Ich habe Ferreira erschossen.«

Er stirbt mit dem Ruf: »Es lebe die Freiheit!«

»Herr, verzeih uns«, betet der Bischof, »daß wir an deiner Allmacht gezweifelt haben. Es lebe die Gerechtigkeit!«

Der Planer

Er war Architekt und hatte sein ganzes Leben lang geplant. Eines Tages wurde er fünfundsechzig. Man machte ihn zum Rentner.

Für Theodor Thulesius war das nicht das Ende, sondern ein neuer Anfang. Er plante einen Urlaub im klassischen Griechenland, der Heimat aller Architekten. Er studierte Reiseprospekte, Diebstahlversicherungen, griechische Nationalgerichte, die Krankheiten der Mittelmeerländer, Zollbestimmungen und die Irrfahrten des Odysseus. Er plante im voraus, wer von wo und wann einen Postkartengruß zu erhalten habe. Er verplante jeden Tag, jede Stunde, jede freie Minute und genoß die Planung mehr als den eigentlichen Urlaub, denn da kam alles ganz anders. Schon auf der Hinreise verlor er seine Brieftasche mit allen Planungsunterlagen. Er bekam einen Darmkatarrh. Die öffentlichen Verkehrsmittel streikten, und es regnete wie seit hundert Jahren nicht mehr.

Nach diesem Reinfall plante er einen Garten. Er bestellte sich die Zeitschrift für Gemüsefreunde, studierte Düngemittel, Rosenkataloge, Gartenzwerge und Kampfgas gegen Wühlmäuse. Zweimal die Woche arbeitete er unentgeltlich in einer Gärtnerei. Er säte nach dem Mondkalender und wässerte mit der Stoppuhr in der Hand. Seine Tulpenzwiebeln wurden im gotischen Kreuzverband verlegt und die Bohnenstangen mit der Wasserwaage gerichtet.

Noch nie war ein Garten so perfekt geplant worden. Trotzdem kam im wahrsten Sinne des Wortes nichts dabei heraus. Die Samen gingen nicht auf. Sie wurden von Schädlingen gefressen, vom Hagel zerschlagen oder vom Teufel verhext. Es lag nicht an seiner hervorragenden Planung, sondern wie immer an den widrigen Umständen des Alltags.

In seinen Zeichenschränken lagen Projekte, mit denen er die Baugeschichte verändert hätte, wenn sie zur Ausführung gekommen wären. Seine Wüstenstadt war ins Wasser gefallen, weil der Emir bei einem Palastaufstand seinen Kopf verloren hatte. Sein Einkaufswolkenkratzer wäre ein Jahrhundertwerk geworden, wäre er nicht einem Bankrott zum Opfer gefallen.

Natürlich waren einige seiner Entwürfe auch verwirklicht worden, aber fast immer wurden sie durch städtische Bauverordnungen oder innerbetriebliche Sparmaßnahmen so verändert, daß er bei der Einweihung seine Pläne nicht wiedererkannte. Am schlimmsten war es, wenn die Bauherren mitplanten, wenn wohlhabende Witwen und Wurstfabrikanten seine Geniewürfe zerpflückten, als wären sie Kalbskopfsülze.

Aus der Rückschau des Rentners erkannte er, daß von all seinen großen Gedanken nicht einer verwirklicht worden war, und das machte ihn traurig. Seine Entwürfe waren schöne Träume, die beim Erwachen zerbrachen. Über seinem planungsreichen Leben hing kein guter Stern.

An diesem Punkt seiner Überlegung angelangt, kombinierte er folgerichtig weiter: ›Wenn mein Leben unter keinem günstigen Stern steht, so muß ich halt außerhalb meines Lebens planen!‹

Damit stieß er auf seine letzte große Planungsidee, auf die Gestaltung seiner Bestattung.

Zum ersten Mal konnte er planen, ohne Angst vor der Ausführung haben zu müssen. Eine Enttäuschung würde er dieses Mal nicht erleben, nicht mehr erleben.

Er entwarf Grabreden, Traueranzeigen, seinen Grabstein, ein Testament und ein Beerdigungsmenü von zwölf Gängen. Schließlich kam er zu seinem Sarg. Hier geriet der Vorentwurf zum ersten

Mal ins Stocken. Sollte er einen Sarg planen oder eine Urne? Eine Entscheidung, die gründliche Grundlagenforschung erforderte.

Er studierte dicke Bücher über Feuerbestattungen und Leichenverbrennungen. Er besuchte sogar ein Krematorium, wobei er sich als Architekt auswies und einem blassen Bestattungsunternehmer vorlog, er habe den Auftrag, ein Krematorium zu entwerfen, und wolle sich vor Ort informieren. Die abgedunkelte Trauerhalle mit bleiverglasten Fenstern, weinroten Teppichen, Bibelsprüchen und Weihrauchduft lag direkt über dem elektrischen Ofen. Unter dem verhaltenen Schluchzen der Hinterbliebenen und den Stereoklängen einer japanischen Tonbandanlage – »Oh, ich habe sie verloren!« – versank der kranzbeladene Sarg langsam in die Unterwelt. Der Abgang war so effektvoll wie bei einer großen Wagner-Szene, Tod des Nibelungen oder so. Hinter, oder besser, unter den Kulissen warteten zwei türkische Gastarbeiter mit nackten Armen, denn es war heiß in dem Keller. Sie schleuderten die Kränze in eine Ecke, spuckten sich in die Hände und wuchteten den Sarg auf eine Karre. Dort blieb er bis nach der Frühstückspause erst einmal stehen. Schafskäse, Knäckebrot, Zwiebeln und eine halbe Knoblauchwurst wurden mit süßem Tee hinuntergespült.

Dann war es soweit.

Durch ein Guckloch in der feuerfesten Tür beobachteten sie, wie der hölzerne Sarg bei über tausend Grad explodierte und wie die Leiche – eine alte Dame – sich in dem höllischen Inferno noch einmal aufrichtete. Sie saß kerzengerade auf dem glühenden Grill, so als sei sie noch einmal zum Leben erwacht. Ihr zahnloser Mund öffnete sich zu einem Schrei, nein, zu brüllendem Gelächter. Dann brannte auch schon ihr weißes Haar, das Hemd, die welke Haut. Die Ohren schmolzen ihr vom Kopf. Wie ein abgebranntes Zündholz schrumpfte sie in dem lodernden Flammenmeer, krümmte sich. Zurück blieb ein armdicker öliger schwarzer Kerzendocht.

»Das kommt in die Urne«, sagte der blasse Bestattungsunternehmer. »Die Verbrennungsrückstände betragen je nach Lebendgewicht unserer Kunden zwischen vierhundert und achthundert Gramm.«

Nach dieser Exkursion strich Theodor Thulesius die Feuerbestattung von seinem Plan. Sie entsprach nicht dem Stil eines Architekten. Das war nicht das Finale, das er sich erträumte. In einer Urne würde er nicht enden.

Als nächstes verdingte er sich als Aushilfsleichenträger auf dem evangelischen Friedhof einer kleinen ländlichen Gemeinde in der Nachbarschaft, wo ihn niemand kannte. Man rief ihn telefonisch, wenn man seinen Einsatz brauchte. Zu jeder Leiche gehörten sechs Träger, Rentner, von denen er mit Abstand der Rüstigste war. Die Eichensärge waren schwer wie Blei. Die kunstvoll verzierten Bronzegriffe schnitten tief in das Fleisch ihrer faltigen Hände. Sie bekamen vom Friedhofsgärtner, der gleichzeitig Totengräber und Beerdigungsunternehmer war, einen abgegriffenen Zylinder, ein Paar weiße Stoffhandschuhe und dreißig Mark pro Leiche. Dafür mußten sie hinter der Friedhofskapelle im Freien warten, bis das Totenamt vorüber war und man sie rief. Dann setzten sie eine feierliche Miene auf und schritten langsam und pietätvoll wie Rabenvögel auf die Bühne des Trauerspiels.

Es war März. Sie standen frierend hinter der Kapelle im Nieselregen und ließen eine Flasche Doppelkorn kreisen, um sich aufzuwärmen.

»Schlechtes Jahr heuer«, brummte ein Alter. »Voriges Jahr, da hatten wir um diese Zeit fast dreimal soviel Tote.«

»Ja«, sagte ein anderer, »von den paar Leichen kann man nicht leben und nicht sterben. Wer ist denn heute fällig?«

»Der dicke Leckeband.«

»Wer ist das denn?«

»Das ist der versoffene Hausschlachter aus Obermehnen. Wiegt mindestens zweihundertvierzig Pfund.«

»Ach du liebe Zeit«, jammerte ein kleiner mickriger Greis, der aussah wie das tapfere Schneiderlein. »Dann laßt mich aber heute mal in die Mitte. Aber latscht mir nicht wieder in die Hacken.«

»Seht mal hier«, rief einer der Alten, der ein paar Schritte beiseite getreten war, um seine Blase zu entlasten. Er bückte sich mühselig und hob einen Totenschädel auf, der neben einem blanken Spaten lag.

»Der ist aus dem frischen Grab, in das gleich der dicke Leckeband kommt. Wißt ihr, wer das ist?« Betretenes Schweigen. »Das ist der alte Hinnerk vom Bohnenbrink. Der hatte in der Stirn ein Loch aus dem Krieg von achtzehnhundertsiebzig/einundsiebzig. Seht ihr, hier!« »Ja, ich erkenn' ihn wieder. Der hatte damals schon so gelbe Zähne vom Kautabak.« Feuchter Lehm klebte an dem fletschenden Gebiß des vermoderten Schädels. Durch die leeren Augenhöhlen tropfte der Regen.

»Er hat geschielt«, sagte der Alte.

Nach diesem Erlebnis kam auch eine Beerdigung als würdige Bestattungsform nicht mehr in Frage. Nun tauchte jedoch das Problem auf: Was für andere Möglichkeiten der Bestattung gab es überhaupt?

Mit einem lebendigen Leib läßt sich nahezu alles anstellen. Die Variationsbreite reicht vom Freudenhaus bis zur Folterkammer. Ganz anders verhält es sich jedoch mit toten Leibern. Hier endet unsere menschliche Phantasie.

Ein Seemannsgrab wurde nicht erwogen. Theodor Thulesius hatte kein Verhältnis zum Meer. Er verabscheute Wasser und Fische in jeder Form. Die Vorstellung, von irgendwelchen Krebsen, Krabben oder quabbeligen Quallen benagt zu werden, versetzte ihn in Panik.

Gern hätte er seinen Körper den Wissenschaften geweiht. Aber der Gedanke, daß studentische Grünschnäbel stümperhaft und zu Lernzwecken an ihm herumschnippeln dürften, widersprach seinem Sinn für geplante Ordnung. Nachts würden sie in der Anatomie seine abgeschnittenen Gliedmaße in das Formalin der Leichenbecken legen. Dort würde er dann umherschwimmen zwischen den Körperteilen von anderen Toten, schutzlos Haut an Haut. Vielleicht läge seine Hand neben der Krebsgeschwulst eines alten Weibes oder auf dem schwieligen Fuß eines Tippelbruders. Vielleicht ... Alle Gedankengänge begannen mit vielleicht. Das war keine Planung, das war chaotischer Zufall und seiner nicht würdig.

Er könnte seinen Körper der Transplantationsmedizin vermachen als Ersatzteillager für verunglückte Mitmenschen. Ihm gefiel die Vorstellung, daß sein altes Herz in der Brust eines begeisterungsfähigen jungen Architekten schlagen dürfte. Doch dann fiel ihm ein, daß es auch in einem Wurstfabrikanten pumpen könnte. Vielleicht würden sie seine Nieren einem Schnapssäufer vermachen, seine Augen einem Zuchthäusler und seine Hoden einem katholischen Geistlichen. Nein, so chaotisch wollte er nicht weiterleben.

Die bestehenden Bestattungsformen befriedigten ihn nicht. Der Fortschritt war an der Bahre vorbeigegangen. Welche Möglichkeiten hatte man hier versäumt! Er suchte nach neuen Wegen. In nächtelanger Planungsarbeit entwickelte er das ›Programm Himmelfahrt‹.

Er plante eine Zweistufenrakete mit einem Fassungsvermögen von tausend Toten. Wie Kathedralen würden diese Raketen aussehen. Welch ein Triumph der Pietät, wenn die geliebten Entschlafenen nicht mehr zum Vermodern in die Erde gelegt würden, sondern in den strahlend blauen Himmel stiegen. Könige und Milliardäre würden in eigenen Raketen reisen. Dann wäre ein Star wirklich ein Star! Zeitlos und ewig würden unsere Toten durch die Weite des Weltraumes gleiten, in der es keine Bakterien, keine Fäulnis und keine Verwesung gibt.

Aufgefahren gen Himmel, würde es für jeden heißen. Die Hinterbliebenen aber würden zum nächtlichen Firmament emporschauen und sagen: »Da oben ist Oma.« Keiner müßte in die Hölle der Krematorien oder in die Unterwelt unserer wurmverseuchten Friedhofsgrüfte. Welch ein Triumph bis über den Tod hinaus!

Leider scheiterte das Projekt an den unbezahlbaren Kosten. Er war wie immer seiner Zeit zu weit voraus. So kam er zur Planung ›Pharao 2000‹.

Hierbei ging er von dem Gedanken aus: ›Wenn es keine würdige Form gibt, unsere Verstorbenen zu beseitigen, so müssen wir sie eben erhalten.‹

Zunächst experimentierte er mit Tiefkühlsystemen. Doch schon bald erkannte er, daß sich Schnitzel und ausgeschlachtete Hälften leicht konservieren lassen, dies bei ganzen Schweinen mit allen Innereien aber sehr viel schwieriger war. Sie gefroren von außen zu Stein, während sie von innen her in Gärung und Verwesung übergingen. Wer aber würde seine teuren Toten als Schnitzel aufbewahren wollen? Und selbst wenn sich das Tiefkühlverfahren so verbessern ließe, daß sich auch Schwergewichtler von drei Zentnern problemlos einfrieren ließen, so war das Ganze nur eine Notlösung, denn die Kühlboxen von Millionen Toten verschlängen solche Unmengen von Strom, daß die Überlebenden von einer Energiekrise in die andere taumeln würden. Ein Stromausfall müßte apokalyptische Zustände wie beim Jüngsten Gericht heraufbeschwören. Die Toten würden zu Tausenden aus ihren aufgetauten Truhen quellen.

In einer zweiten Planungsphase entwickelte er einen Konservendosen-Sarg. Er entwarf eine preiswerte Volksbüchse aus rostfreiem Blech und eine Feingold-Schatulle für gehobene Ansprüche.

Über die sparsame Vakuumverpackung für die ganze Familie fand er endlich zur idealen Konservierungsmethode, und das geschah – wie ja so häufig im Leben – durch einen Zufall. Im Schaufenster eines Einrichtungshauses entdeckte er einen Briefbeschwerer aus durchsichtiger Glasmasse mit einem eingegossenen Schmetterling. Das war die Lösung!

Alles, was ihm über den Weg lief, endete in gläsernem Gußharz. Der alte Oberst aus dem Nachbarhaus sucht noch heute seinen Dackel. Der Karpfen aus dem Feinkostladen schwamm in dem transparenten Block wie in einem Aquarium.

Theodor Thulesius war dabei, dem Tod seinen Schrecken zu nehmen. Bis daß der Tod euch scheidet! Das gab es nun nicht mehr. Von nun an saß die tote Gattin in ihrem besten Kleid, makellos frisiert und immer gut gelaunt mit einer Handarbeit im

Schoß am Fenster oder vor dem Farbfernseher. Nun gut, sie würde nichts mehr sagen, aber wer spricht schon vor einem Fernsehgerät?

Dreidimensionale Fotos in Lebensgröße, Originale der Natur, so würden unsere Ahnen mit uns leben. Ewige Mahnmale und Vorbilder für kommende Geschlechter, denn Gußharz ist von allen Kunststoffmassen am haltbarsten. Der Preis liegt weit unter dem, was eine herkömmliche Beerdigung kostet.

Dieser schöpferische Rausch dauerte drei Wochen. Dann kam wie immer das böse Erwachen. Wieder zerstörten die Zahlen der Realität seinen Traum.

Von den bald fünf Milliarden Menschen der Gegenwart sterben jährlich einhundert Millionen. Im Jahre Zweitausend soll es laut Statistik vierhundert Millionen Sterbefälle pro Jahr geben. Das hieße, daß eine einzige Generation bereits zehn Milliarden Gußharzblöcke produzieren müßte. Aufeinandergestapelt ergäbe das einen babylonischen Turm von zwanzig Millionen Kilometer Höhe. Die Welt würde an ihren Toten ersticken. Und er, Theodor Thulesius, trüge die Schuld an der Katastrophe. Er brauchte ein paar Tage, um sich von dieser Niederlage zu erholen. Er aß nicht und schlief nicht. Einmal dachte er sogar an Selbstmord, aber selbst das konnte er sich nicht leisten, solange seine Bestattungsfrage nicht geklärt war.

Am darauffolgenden Wochenende fand das jährliche Festbankett der Architektenkammer statt. Er wollte sich entschuldigen lassen, doch in letzter Minute siegte sein Pflichtgefühl, denn er hatte schriftlich zugesagt.

An diesem Abend kam ihm die Idee, die ihn nicht mehr losließ. Die Toten konnte man nicht aufbewahren. Das stand fest. Es waren zu viele. Man mußte sie beseitigen.

Modergräber und Müllverbrennungsanlagen für Menschen sind überholt, widerwärtig und vor allem unökonomisch. In Anbetracht der aufkommenden Rohstoffknappheit ist die Wegwerfzeit endgültig vorüber. In jedem Dorf steht heute ein Flaschen-Container. Altpapier und Schrott werden hoch gehandelt. Können wir es uns in Zukunft leisten, unsere teuren Toten einfach wegzuwerfen? Am Kaltbuffet beim Roastbeef kam ihm die Idee, die ihn dann nicht mehr losließ. Seine Gedanken bewegten sich auf folgenden Bahnen:

›Ein Schwein ist ein unappetitliches Tier, schwabbelig und schmutzig. Als Schinken, Eisbein oder Gulasch jedoch wird es zu einem Geschenk der Götter.

Nenne einen Menschen ein Schwein, und er ist

beleidigt. Lad ihn ein zum Schweinebraten, und er fühlt sich geehrt. Das tote Schwein besitzt bei richtiger Verarbeitung ein höheres Ansehen als das lebendige. Es erfährt nach seinem Ableben eine Veredelung, wie sie nur wenigen Toten zuteil wird. Seine sterbliche Hülle ist keine sinnlose Bürde für die Hinterbliebenen, sondern sein Lebensinhalt. Schweine leben und sterben nur für ihre lukullische Bestattung auf liebevoll gedeckten Tischen. Warum läßt sich diese ideale Leichenbeseitigung nicht auch auf uns übertragen? Ist ein Schwein wirklich so verschieden von einem Menschen? Auch Schweine haben eine Mutter. Sie erleben Leid und Liebesfreuden so wie wir. Vielleicht haben sie im Gegensatz zu uns keine unsterbliche Seele. Vielleicht? Aber was macht das schon? Die Seele verläßt den Körper mit dem letzten Atemzug. Zurück bleibt beim Menschen wie beim Schwein nichts als kostbares Fleisch, ein Genußmittel, das sich viele nur zu besonderen Gelegenheiten leisten können.

Im Gegensatz zu unseren Friedhöfen, die nur zum Zweck der Verwesung erhalten werden, wird alles eßbare Fleisch bis zu seiner Einnahme appetitlich frisch gehalten. Im Gegensatz zu unseren Krematorien, in denen saftige Körper zu Kohle verbrannt werden, läßt man alles eßbare Fleisch niemals anbrennen oder gar verkohlen. Seine Behandlung über dem Feuer ist eine hohe Kunst, die das Material nicht zerstört, sondern veredelt als Freude für Augen, Nase und Gaumen.

Dabei geht es mindestens so festlich zu wie auf Beerdigungen. Auch hier wird gebetet. Komm, Herr Jesus, sei unser Gast und segne, was du uns bescheret hast.

Die Todesanzeige des Schweines ist seine Speisekarte. Sein Leichnam wird nicht mit muffigen Kränzen und blassen Friedhofsblumen geschmückt, sondern mit grüner Petersilie, frischen Kräutern und jungem Gemüse. Volle Schüsseln sind besser als volle Friedhöfe. Lieder in der Küche sind besser als Choräle am Grab.‹

Theodor Thulesius sah sich bereits als der Begründer der Anthropo-Gastronomie, einer pietätvollen Gesellschaft, die sich dem Neuen Testament und Doktor Ötters Kochbuch moralisch verbunden fühlte. Die neue Lehre würde nicht gegen die freiheitliche Ordnung des Grundgesetzes verstoßen. Sie war weder antidemokratisch noch rassistisch. Jeder konnte bei Tisch wählen, was er mochte. Schwarze und Chinesen waren willkommen (besonders mit Bambussprossen und Sojakeimen). Auch moralisch würde es keine ernsthaften Einwände geben, denn der christliche Kannibalismus der Anthropo-Gastronomie fühlte sich tief im

Abendmahl verwurzelt. Siehe, das ist mein Leib! Und hatte nicht jeder schon mal einem geliebten Menschen ins Ohr geflüstert: ›Ich habe dich zum Fressen gern!‹ Selbstverständlich widersprach die neue Lehre auch nicht den bestehenden Nahrungsmittelgesetzen. Man würde keine schädlichen Konservierungsstoffe verwenden. Für die Letzte Ölung dürften nur noch Speisefette verwandt werden. Der Arzt, der den Totenschein ausstellte, könnte gleichzeitig die gesetzlich festgelegte Rolle des Fleischbeschauers übernehmen. Er würde den Verstorbenen auf Trichinen untersuchen, bevor er ihn für den Verzehr freigab. Nicht-K. V.-Geschriebene (Küchenverwendungsfähige) kämen zur Freibank. Sie würden dort als Schlappi in Büchsen unsere vierbeinigen Lieblinge noch einmal verwöhnen.

Theodor Thulesius plante Tag und Nacht. Noch niemals hat ein Mensch seine eigene Bestattung so liebevoll durchdacht. Der Schmaus begann mit einer doppelten Kraftbrühe, bei der er genau festlegte, welche seiner Knochen wie lange gekocht werden sollten.

Dem Ragoût fin als Vorspeise maß er solche Bedeutung bei, daß er sogar die Schnittgröße der Fleischwürfelchen festlegte. Es bestand zu gleichen Teilen aus gekochter Zunge und weißem Lendenfleisch, mit Champignons und Spargelspitzen. Da die Festigkeit seiner Lenden zu wünschen übrigließ, plante er zweimal die Woche Gymnastikstunden und Massagen.

Als erster Hauptgang folgte dann sein gespickter Rücken mit Kartoffelkroketten und Preiselbeeren nach einem handgeschriebenen Rezept seiner Mutter. Dazu wählte er einen roten Kapwein mit schwerem Bouquet.

Danach würde man als lukullischen Höhepunkt Filet Tournedos à la Thulesius servieren, wobei man seine nur medium gegrillten Filets am Tisch mit Calvados flambieren würde. Die Auswahl der dazu gereichten Salate war schier unbegrenzt. Sie erstreckte sich von feingehackter Brunnenkresse bis zu gefüllten Avocados.

Den größten Teil seiner Körpersubstanz verplante er für ein großes Kaltbuffet, bei dem er selbst die Farben der einzelnen Fleischspeisen mit einplante: Dunkle Blutwurst neben hellem Lachsschinken, lebhaft gemusterte Sülzen neben gleichmäßig gebräunten Bratenstücken. Gehacktes neben Geräuchertem.

Etwaige Reste sollten in einer Wildpastete Verwendung finden, die man zum Frühschoppen des darauffolgenden Tages anbieten würde.

Theodor Thulesius durchlebte den größten Planungsrausch seines Lebens. Er wandelte auf Wolken. Als er mit seinem alten Opel wieder einmal die Vorfahrt mißachtete, geschah das Unvermeidliche. Er war auf der Stelle tot.

Seine bis zur Unkenntlichkeit verbrannte sterbliche Hülle liegt unter einem Grabstein auf dem Zentralfriedhof. Seine Inschrift berichtet von dem planungsreichen Leben eines Mannes, der nicht beerdigt und nicht verbrannt werden wollte und dem am Ende sogar beides widerfuhr.

Gina und Giovanni

Kennt ihr die schöne Geschichte von der noch schöneren Phryne, die man im alten Athen des Perikles fast zum Tode verurteilt hätte und die man jubelnd begnadigte, als der Verteidiger ihr das Brusttuch vom makellosen Busen riß und den Geschworenen zurief: »Wollt Ihr dieses vollendete Kunstwerk der Götter wirklich zerstören?«

Solch ein Geschöpf ist Gina, eine Halbgöttin mit Brüsten wie die Diana von Ephesus, eine Venus mit zwei Zauberbergen. Fleisch der Götter!

Wer beim Anblick dieser Brüste nicht auf die Knie fällt, ist ein Gotteslästerer, der es nicht verdient, daß ihn eine Mutter gestillt hat.

Seht, da geht sie mit Schritten, die wie Wellen lang aus den wiegenden Hüften rollen. Jetzt gleitet das linke Bein – jung und braun – nach vorn. Seidiger Stoff umfließt das kleine Knie mit zärtlichem Schwung. Ein fallender Vorhang, der Applaus fordert, eine flatternde Fahne, die Männerherzen im

Sturm erobert. Samtene Innenschenkel streicheln einander im Vorbeigleiten wie Nachtfalterflügel im Flug. Kurven verändern ihre Neigungswinkel, steigen, schwanken, erzittern, schwellen, stürzen ins Bodenlose. Da ist keine Stelle ihres Leibes, die sich nicht bewegt. Alles atmet, lockt, drängt, fordert.

Ihre Brüste! Ach, ihr Busen! Oh, seht ihn euch an!

Er widerspricht allen Naturgesetzen. Wie kann etwas gleichzeitig so fest und so weich sein, so rund und so spitz, so schwer und so übermütig hüpfleicht! Die Anziehungskraft der Erde ist nichts gegen die Urgewalt, die von diesen Brüsten ausgeht.

Hier enden alle Naturgesetze. Vielleicht ist die Gerade die kürzeste Verbindung zwischen zwei Punkten, aber diese elastisch schwingenden Kurven sind die vollendetste Verbindung zwischen zwei Punkten. Und was für Punkten! Es gibt nicht genügend Adjektive, um sie zu beschreiben.

Seht, da geht sie mit Schritten, die wie Wellen lang aus den wiegenden Hüften rollen. Ihr Haar ein wogendes Weizenfeld, Goldregen im Morgenwind. Ihr Gesicht … Augenblick mal, wie sieht eigentlich ihr Gesicht aus? Natürlich hat sie zwei rote Lippen und eine flinke Zunge. Aber die Stirn, die Nase, die Augen? Ist das wirklich so wichtig? Raubkatzen und Antilopen haben auch Gesichter, gewiß, aber wer interessiert sich schon dafür? Kein Geschöpf besitzt so viel Rasse wie ein edles Pferd. Kein Tier ist schöner als ein arabisches Vollblut, aber sagen Sie mal zu jemand, er habe ein Gesicht wie ein Pferd. Wir Menschen überbewerten die Vorderansicht unserer Köpfe, weil wir unsere Leiber unter Kleidern verbergen. Dabei gibt es Zeitgenossen, die sollten lieber ihre Gesichter verhüllen und nackt gehen.

Bei allen Rassetieren sind die Gesichter Nebensache, und zu diesen Geschöpfen gehört Gina.

Mit der Rasse ist es bei den Frauen wie bei den Pferden. Sie offenbart sich am deutlichsten im Gang, in der Bewegung der Hände und der Füße und in der Haltung des Kopfes.

Gina verströmt nicht nur Rasse, sondern vor allem Sex. Könnte man einen Menschen mit Blicken entkleiden, so wäre sie ständig erkältet. Jeder Mann zieht sie mit seinen Blicken aus, so wie sie jeden Mann anzieht. Knaben, Greise und ganze Kerle streicheln ihr in Gedanken die Wäsche vom lockenden Leib. Oh, Madonna!

Und Gina? Gina lebt nur für Giovanni. Er ist ein Teil von ihr. Sie liebt ihn, und er liebt sie.

Wenn sie die Augen schließt, sieht sie Giovanni, und wenn sie sie öffnet, sieht sie ihn ebenfalls, gleichgültig ob er da ist oder nicht. Er ist immer da. Oh, Giovanni!

Natürlich ist Gina verheiratet. Ihr Mann heißt Nerone. Wie alle Sarden ist er schrecklich eifersüchtig. »Wenn du mich je betrügst, so werde ich dich ermorden.« Er arbeitet in der Verkaufsabteilung einer Maschinenfabrik und ist häufig auf Reisen.

Dann liegt Giovanni die ganze Nacht in seinem breiten Doppelbett bei Gina. Breitbeinig steht sie vor dem Bett. Giovanni liegt auf dem Rücken und erwartet sie wie ein Verdurstender. Sie spürt seine fordernden Blicke auf der Haut. Er will sie mit kindlicher Schamlosigkeit. Langsam öffnet sie die Knöpfe. Sie streift die bunte Bluse über ihre Schultern. Knisternd gleitet kühle Seide über heiße Haut. Für ein paar Herzschläge stoppt selbst die Zeit in den Uhren. Dann liegt er in ihren Armen.

Wenn seine Hände nach ihr greifen und seine Lippen gierig an ihren steil aufgerichteten Brustwarzen saugen, so könnte sie jedesmal vor ungebändigtem Glück schreien. Nach einer Weile legt sie Giovanni auf den Rücken, zieht ihm die Hose aus und macht ihn fertig.

Seht, da liegen sie in ihrem Nest, aneinandergeschmiegt und nackt wie junge Vögel. Er liegt ermattet in ihren Armen. Sie spürt seinen Atem. Der feste Bauch bedrängt sie und zieht sich werbend zurück. Er lächelt. Nun schlafen sie beide.

Langsam öffnet sich die Schlafzimmertür. Ein

Schatten fällt in den Raum. Nerone ist heimgekehrt, früher als erwartet. Reglos wie eine römische Säule steht er da und starrt auf die Schlafenden in seinem Bett, so als wolle er sich das Bild tief und unauslöschlich für alle Zeiten einprägen.

Seine Zähne unter dem schwarzen Schnurrbart blitzen. Er lächelt.

Behutsam hebt er Giovanni aus dem Bett. Er küßt ihn. Dann trägt er seinen Sohn zum Kinderzimmer und legt ihn ins Babykörbchen.

»Buona notte, Giovanni. Schlaf gut!«

Der Prozeß

In Johannesburg steht das größte Gerichtsgebäude der Welt. Seine Gänge sind so lang, daß nur ein Weitsichtiger ihr Ende zu erkennen vermag. Boten huschen wie Wühlmäuse durch dieses Labyrinth oder wie Bienen, die Akten, Verordnungen und Beschlüsse von einer Wabe zur anderen schleppen. Jedes beschriebene Blatt ist ein Stückchen Schicksal, jeder Stempel ein Urteil. In diesem Supermarkt der Rechtsprechung werden täglich über tausend Prozesse gewonnen und verloren, meist verloren, denn die Gewinner sind hier wie überall vor allem die Rechtsanwälte. Auf den harten Bänken vor den holzgetäfelten Sälen hocken in seltener Eintracht Schwarze und Weiße wie Schafe vor der Schur, reuige Sünder vor dem Jüngsten Gericht. Nirgendwo sonst auf der Welt steigen so viele inbrünstige Gebete gleichzeitig zum Himmel, und nirgendwo sonst hat es der liebe Gott so schwer, es allen seinen Kindern recht zu machen.

In einem der zahllosen Gerichtssäle stand Zacharias Babulole vor seinem irdischen Richter. Trotz seiner schwarzen Haut wirkte er blaß. Er steckte in einem Anzug, der ihm drei Nummern zu groß war, und kam sich so klein vor wie eine Filzlaus. Über ihm thronte der Richter. Sein Gesicht war wie die Maske des großen Ahnengeistes, starr und aus Hartholz geschnitzt. Hinter dicken Brillengläsern starrten Eulenaugen auf ihn herab. Auf dem Haupt trug der Gewaltige eine Lockenperücke, die noch weißer war als sein Gesicht.

Zacharias dachte: ›Er ist ein Löwe, und ich bin nur ein Buschferkel.‹ Er verkroch sich in seinem schlotternden Anzug wie eine Schnecke vor drohendem Gewitter.

Er mußte die rechte Hand heben und etwas nachsprechen, das er nicht begriff. Dann sprach ein Mann in einem schwarzen Frauenkleid: »Der Angeklagte steht unter dem Verdacht, sich im Sinne des Paragraphen 287, Absatz 4, schuldig gemacht zu haben. Als besonders erschwerend muß der Umstand geltend gemacht werden, daß der Angeklagte seit mehr als vier Jahren das uneingeschränkte Vertrauen des Klägers besitzt und dieses schmählich mißbrauchte. Bei dem entwendeten Objekt handelt es sich nicht nur um einen Wertgegenstand von erheblichem pekuniärem Wert, sondern vor allem ...«

Durch die weitgeöffneten Fenster dröhnte der Straßenverkehr wie ein wütender Wespenschwarm. Die Worte der Anklage besaßen für Zacharias keinen Inhalt. Sie waren ein Geräusch wie der Wind im Savannengras oder die Brandung des Meeres bei steigender Flut.

Als der Boß mit den Frauenkleidern genug gesprochen hatte, setzte er sich und wischte sein Gesicht mit einem Taschentuch ab. Ein anderer Mann mit dickem Bauch stand auf. Er sah aus wie eine Pythonschlange, die ein ganzes Schaf verschluckt hat. Eine neue Stimme erfüllte den Raum, monoton wie der Regen auf einem Blechdach:

»Die Verteidigung hält es keinesfalls für erwiesen, daß sich der Beschuldigte im Sinne des Paragraphen 287, Absatz 4, schuldig gemacht hat. Der Angeklagte besitzt einen untadeligen Leumund. Er wurde auf der Missionsstation Umtali getauft und im christlichen Glauben erzogen. Die Zeugnisse, die ihm von früheren Arbeitgebern ausgestellt wurden, bescheinigen dem Angeklagten einen Lebenswandel, der eine so schwere Verfehlung, wie sie die Anklage hier vorzubringen versucht, schon deshalb, hohes Gericht, unglaubwürdig erscheinen läßt ...«

Fremde Worte dröhnten wie Trommelschläge im Schädel des Schwarzen. Seine Schuhe drückten, weil sie im Gegensatz zu seinem Anzug zu klein waren. Unterhalb des Bauchnabels quälte ihn ein Floh. Er spürte den juckenden Biß, traute sich aber nicht zu kratzen. Er hatte Durst. Ob sie ihm wohl etwas zu trinken gaben, bevor sie ihn einsperrten?

Der Dicke wollte nicht mehr sprechen.

Der Richter sagte: »Das Gericht zieht sich bis zur Urteilsverkündung zurück. Die Verhandlung wird nach dem Mittagessen fortgesetzt.« Der Gewaltige erhob sich. Die Menschen im Saal standen respektvoll auf. Zacharias wäre gern ihrem Beispiel gefolgt, aber es ging nicht. Er stand ja schon. Die Pythonschlange klopfte ihm väterlich auf die Schulter und versuchte zu lächeln. Dann hockte Zacharias auf einer Holzbank im Gang und wartete. Er hätte gern geraucht, traute sich aber nicht. Nach einer Weile wurde er müde. ›Bloß nicht einschlafen‹, dachte er. Er mußte mal, wußte aber nicht, wo. Er lief den Gang hinauf und hinunter, immer ängstlich bemüht, sich nicht zu verlaufen. Schließlich fand er die Toiletten für Schwarze. Er kehrte zurück, spielte mit seinen Fingern und wartete wie das Land auf den Regen.

Dann stand er wieder vor seinem Richter.

»Der Angeklagte wird freigesprochen. Die Kosten des Verfahrens trägt die Staatskasse. Angeklagter, haben Sie noch etwas zu sagen?«

Alle Augen lagen fragend auf Zacharias. Hatte er etwas falsch gemacht? Warum starrten ihn alle so an?

Er spürte, sie wollten, daß er etwas sagte. Jetzt kam es auf ihn an. Seine Handflächen schwitzten so sehr, daß er sie am Hosenboden abwischen mußte. Er schluckte. Dann gab er sich einen Ruck und fragte: »Darf ich die Uhr behalten, oder muß ich die Uhr zurückgeben?«

Talata

In der grenzenlosen Weite des Weltenraumes flimmerte ein Staubkörnchen von unendlicher Winzigkeit. Obwohl es fast mit Lichtgeschwindigkeit durch die Leere schoß, hatten seine Bewohner den Eindruck, als hinge das Raumschiff fest und unbeweglich an einem Punkt. Sie lebten in einer silbernen Tonne. Zwei rotierende Hohlzylinder – jeder vierhundert Meter lang und hundert im Durchmesser – steckten ineinander und drehten sich entgegengesetzt um ihre Längsachse, viermal in der Minute. Diese Drehung erzeugte auf der Innenwand der Tonne eine Fliehkraft, die der Schwerkraft der Erde entsprach. Alle Gegenstände innerhalb des Zylinders wurden von den inneren Oberflächen angezogen. Stand man in dem Raumschiff und blickte nach oben, so liefen die Menschen auf der anderen Seite der gigantischen Tonne wie Stubenfliegen mit ihren Füßen auf der Zimmerdecke umher, den Kopf nach unten. Die gesamte gekrümmte Innenwand war mit einer drei Meter dicken Erdschicht bedeckt, auf der alle möglichen Pflanzen und Sträucher wuchsen. Es gab sogar Insekten, Vögel und einige kleinere vegetarische Säugetiere. Wie bei einem liegenden Faß war die eine kreisrunde Stirnseite offen, das heißt, sie bestand aus durchsichtigem glasartigem Material. Wenn sich diese Öffnung der Sonne zuwandte, so war es Tag in der Weltrauminsel.

In dieser räumlich gekrümmten Innenlandschaft lebten 210 Erdenmenschen, 140 männliche und 70 weibliche auf 120 000 Quadratmetern Land. Sie bewohnten farbige Raumstrukturen aus Sechseckwaben von verschiedenen Kantenlängen. Die Zellen lagen über- und nebeneinander wie die Waben eines Wespennestes oder die Poren eines Schwammes. Es gab Laboratorien aller Art, Computer-Klausuren, vollelektronische Werkstätten, Wohnwaben und sogar ein Sport- und Vergnügungszentrum.

Da die Fliehkraft in einem rotierenden Zylinder wie in einer Zentrifuge von der inneren Oberfläche zur gedachten Mittelachse hin abnimmt, so war es ein beliebter Sport, im Bereich der Mittelachse die Schwerelosigkeit auszunutzen und wie Schmetterlinge umherzufliegen. Alle Bewohner der Weltraumtonne hatten das Licht der Welt hier im Raumschiff erblickt und niemals ihre kleine Welt verlassen. Aber sie waren die erste Generation, die nicht im Weltall sterben würde, denn ihre Mission näherte sich dem Ende.

Es war die längste und wichtigste Mission, die jemals von Menschen geplant worden war. Vor viertausend Bordjahren hatten sie die Erde verlassen. Da sie hart an der Grenze zur Lichtgeschwindigkeit flogen, war die relative Zeitverschiebung zwischen dem Raumschiff und dem irdischen Planeten so beträchtlich, daß auf der Erde seit ihrer Abreise fast zehntausend Jahre vergangen waren. Als die Wissenschaftler des atlantischen Kulturkreises erkannten, daß ihre Zivilisation durch eine Reihe von kosmischen Katastrophen ausgelöscht werden würde, planten und bauten sie zwei intergalaktische Archen, die sie Talata 1 und Talata 2 nannten. Talata hieß in ihrer Sprache: die Eizelle, das Samenkorn.

Sie gingen bei ihrem Plan von der Überlegung aus, daß viele Pflanzen im Winter zugrundegehen und trotzdem als Samenkorn überleben. Wenn die lebensfeindliche Kälteperiode vorüber ist, schlagen sie Wurzeln, keimen und erhalten ihre Art. Und so wie jede Pflanzengattung grundsätzlich mehr als nur ein Samenkorn produziert, so planten auch die Atlanter zwei Raumschiffe und zusätzlich noch drei Schutzbunker. Die letzteren bauten sie so, daß Form und Material den größtmöglichen Schutz gegen Meteoritenhagel, Feuer, Erdbeben, Wasserfluten und Schlammdruck boten. Ihre Computer hatten als Idealform für diese kosmischen Bollwerke die Pyramidengestalt ermittelt. Im Kern der Pyramide stand ein Computer, der das gesamte Wissen seiner Zeit in sich barg. Die Atlanter blickten auf eine achtzehntausend Jahre alte Geschichte zurück. Die Epoche der Kernphysik lag mehr als viertausend Jahre hinter ihnen. Sie sprachen von dieser Zeit als dem »finsteren Mittelalter«. Zur Zeit ihres Unterganges befanden sie sich auf der Zivilisationsstufe der Bio-Energie, in der sich der Mensch nicht mehr der physikalischen Kräfte des unbelebten Atoms bediente, sondern die Vitalkräfte der lebendigen Zelle nutzte. Das Computergehirn in der Zentralkammer der Pyramide bewahrte alle jemals gedachten Gedanken und behütete alle jemals erlebten Gefühle. Hier ruhten alle Erfindungen und Äußerungen des menschlichen Geistes in Schrift und Sprache, alle Kunstwerke in Form, Farbe und Klang.

Die Erbauer der Pyramiden gingen davon aus, daß einige Menschen irgendwo auf der Erde die Katastrophe überleben könnten und sich von primitiven Höhlenexistenzen wieder zu höheren Kulturformen entwickeln würden. Sie konstruierten die Pyramiden so, daß sie sich nicht mit Hammer und

Meißel öffnen ließen, sondern nur mit den Werkzeugen einer hochentwickelten technischen Zivilisation, die in der Lage sein würde, den Computer zu lesen. So wie Erwachsene häufig ihre Kinder unterschätzen, so verkannten die Atlanter in diesem Punkt die Fähigkeiten der Primitiven. Achttausend Jahre nach dem Untergang von Atlantis öffnete ein ägyptischer Häuptling mit dem Namen Cheops die Pyramide Nummer zwei. Eins und drei hatten die Katastrophe nicht überlebt. Sie lagen unter bergeshohen Schlammfeldern auf dem Grund des atlantischen Ozeans. Cheops zerstörte den Computer, indem er alle metallischen Teile zu Schmuck verarbeiten ließ, und deklarierte den imposanten Bau zu seinem Grabmal. Ungefähr zur gleichen Zeit wurde Talata 1 von einem Meteoritenschwarm zerstört. Jetzt trug nur noch ein Samenkorn die Erbmasse der menschlichen Kultur.

Im Gegensatz zu den Pyramiden waren die Raumschiffe bemannt. In strahlungssicheren Kühlspeichern lagerten die Samen aller Pflanzen. Hier ruhten die Eizellen und Spermien aller terrestrischen Lebewesen vom Regenwurm bis zum Menschen. Während der Reise wurden alle Nachkommen künstlich gezeugt, und zwar ausschließlich mit Erbmaterial, das man von der Erde mitgebracht hatte. Man fürchtete, daß der jahrhundertelange Aufenthalt im All die Erbmasse der Menschen verändern könnte, so daß die Heimkehrenden nichts mehr mit denen gemeinsam hätten, die vor vielen Generationen aufgebrochen waren.

Alle vier Jahre wurden sechzehn menschliche Eizellen besamt, von Inkubatoren ausgetragen und geboren. In der Nacht, bevor die neuen Menschen ins Leben traten, verließen sechzehn Alte das Raumschiff. Niemand klagte. Trauer war emotionelle Unvernunft. Sie dankten einander und verabschiedeten sich für immer. Niemand glaubte an ein Leben nach dem Tode, an Götter, Engel oder Teufel. Die neue Generation lernte:

Höchste Autorität in der Welt ist der Mensch!

Das klang wie ein Vorrecht, war aber vor allem spartanische Verpflichtung. Sie lernten: Der voratlantische Mensch – vom Höhlenbewohner bis zum Atomphysiker – unterschied sich vom Affen nicht durch seinen Geist, sondern durch seinen Glauben. Er handelte noch nicht nach den Gesetzen der Vernunft. Glaubensmäßig bedingte Emotionen bestimmten sein Tun. Ganze Völker wurden ausgerottet, weil sie an eine andere Gottheit glaubten oder an eine andere Freiheit, manche sogar nur deshalb, weil sie an gar nichts glaubten. Die frühe atlantische Geschichte war voll von blutigen Glaubenskriegen und ideologischen Säuberungsaktionen.

Das menschliche Tier wurde erst zum Menschen, als es das Feuer der Vernunft entzündete und sich vom Aberglauben an ein besseres Jenseits befreite. Erst seitdem geht der Mensch aufrecht, geistig aufrecht. Der religiöse Träumer und der ideologische Fanatiker krochen wie Würmer vor ihren Götzen im Staub, bereit, als Opferlamm das Martyrium zu erleiden oder als Kreuzfahrer harmlose Andersgläubige zu metzeln. Zehntausend Jahre hatten die Atlanter gebraucht, um den religiösen Wahnsinn endgültig auszurotten. Am Ende hatte die Vernunft gesiegt! So lernten es die Menschen an Bord der Talata, und sie hielten es für ihre vornehmste Aufgabe, dieses Feuer der reinen Vernunft auf der Erde zu bewahren.

Früher gingen die großen Wissenden der Menschheit in die Wüste, um die Kraft der Einsamkeit einzuatmen, die alle Sinne öffnet und den Menschen verwandelt.

Die Menschen in dem Raumschiff waren von dieser Art. Die Weite des Alls hatte sie geprägt. Ihr Sendungsbewußtsein hatte sie verwandelt. Sie waren sterbliche Götter.

Die Talata befand sich im Anflug auf die Erde. Nach einer Odyssee von fast viertausend Jahren schloß sich der Kreis. So wie es auf der Erde äquatoriale Strömungen gibt, die nach planetarischen Gesetzen fließen, so gibt es auch im endlich-unendlich gekrümmten Weltraum elektromagnetische Ströme von ungeheurer elementarer Gewalt, deren Bahnen fest und unverrückbar ewigen mathematischen Gesetzen folgen. Die Talata reiste auf solch einer elliptischen Bahn. Die Ausnutzung dieser Strömung garantierte den Astronauten nicht nur eine maximale Reisegeschwindigkeit, sondern vor allem die Gewißheit, auf festgefügter Kreisbahn wieder zur Erde zurückzufinden. Obwohl sie die Erde nicht kannten, freuten sie sich wie Kinder auf das große Ziel. Viele Generationen hatten sich geopfert, damit ein paar von ihnen zurückkehren konnten, um den Samen in die Erde zu legen. Und sie waren die Glücklichen!

Auf der großen Leuchttafel in der Kommandozentrale verfolgten sie den Anflug. Schließlich kam der Tag, an dem sie die Erde zum ersten Mal mit eigenen Augen sahen, erst nur als flimmernden Stern, dann als leuchtendblauen Planeten. Nachts standen sie hinter der großen Glasscheibe und starrten hinüber.

Gibt es dort Menschen wie wir? Wie werden sie uns empfangen? Auf welcher Entwicklungsstufe werden sie sich befinden?

Der Tag ihrer Landung würde der größte Tag in der Geschichte der Erde werden. Ihr Wissen würde alles verändern. Eine neue Erdenzeit würde anbrechen. Eine neue Zeitrechnung würde beginnen. Noch in zehntausend Jahren würde man sagen: Zehntausend Jahre nach Landung der Talata. Welch ein Sieg der Vernunft!

Einige Wissenschaftler rechneten damit, daß die Überlebenden auf der Erde bis auf die primitive Stufe der Gottesanbeter zurückgefallen sein könnten. Aber die Mehrzahl der Fachgelehrten hielt das für unmöglich, so wie der Mensch nie wieder zum Affen werden könne. –

Ein ungeheurer Faustschlag traf die Talata, unerwartet und tödlich. Ob es daran lag, daß sie seit Generationen mit Lichtgeschwindigkeit gereist waren und in der Leere des Weltraums das Gefühl für reale Distanzen verloren hatten oder ob es an einem Defekt des Landungsdetektors lag, wird nie mehr geklärt werden. Im Bruchteil einer Sekunde begann der metallische Zylinder zu glühen. Damit verlor er seine Manövrierfähigkeit. Er flog jetzt in Rotationsrichtung der Erde mit der gleichen Drehgeschwindigkeit des Planeten. Für einen Beobachter auf der Erde mußte es so aussehen, als stünde das Raumschiff aufrecht. Es leuchtete wie ein Komet. Mit zerschlagenen Gliedern und verbrannten Händen versuchten die Überlebenden das Schiff dem tödlichen Bannkreis der Atmosphäre zu entreißen. Alarmsirenen schrien wie verwundete Tiere. Warnleuchten zuckten voller Panik wie sterbende Herzen. Unwiederbringlich verglühte eine ganze Welt voller Hoffnung, Erfahrung und Vernunft.

Auf der Erde aber waren Hirten auf dem Feld. Die sahen den Stern von Bethlehem. Der Lichterkranz Gottes umstrahlte sie, und der Engel des Herrn sprach zu ihnen: »Fürchtet euch nicht, denn siehe, ich verkündige euch große Freude, denn euch ist heute der Heiland geboren.«

Wirf niemals etwas fort!

Frankreichs erster Kaiser war ein Korse«, pflegte der alte Giacomoni zu sagen. Giacomoni war Korse. Er zog mit seinem struppigen Hund und dreihundert Ziegen durch das Bergland von Cargese. Alvo, sein Enkel, begleitete ihn. Der Alte trug zu jeder Jahreszeit einen Samtanzug, einen Hut und ein Gewehr. Mit seinem Samtanzug konnte er sich in der Stadt zeigen und in der Macchia schlafen. Der Samt blieb sauber. Regen tropfte an ihm ab wie von einem Ziegenfell. Den Hut nahm er niemals vom Kopf. Wenn die Sonne schien, schützte die Krempe seine Augen, und wenn es regnete, so lief ihm das Wasser nicht in den Nacken. Sein Gewehr war das sichtbare Symbol seiner Ehre. ›Lieber tot als ohne Gewehr‹, sagen die Korsen. Die Waffe war sein Lieblingsspielzeug. Er pflegte sie mit unendlicher Geduld. Sie ernährte ihn bei der Jagd. Wie eine gute Geliebte gab sie ihm das Gefühl, anderen Männern überlegen zu sein. Sie gehörte zu ihm wie eine Frau zu einem Mann, schweigsam, schön und zuverlässig. »Auf ein Gewehr kannst du dich verlassen«, sagte er zu Alvo. »Ich habe überall Gewehre versteckt, in Lozzi, in Chiumi, in den Bergen und am Fluß.«

Seine Welt war die Macchia, jenes mannshohe Gestrüpp, das den größten Teil der Insel bedeckt und von dem Napoleon einmal gesagt hat: »Mit geschlossenen Augen würde ich Korsika erkennen an dem würzigen Geruch seiner Macchia.«

Giacomoni fühlte sich in der Macchia so zu Hause wie ein Fisch im Wasser. Zu Alvo sagte er: »Wenn du auf die Macchia hörst, so spricht sie zu dir. Wenn du Durst hast, zeigt sie dir, wo es Wasser gibt. Ihre Tiere sagen dir, ob jemand in der Nähe ist. Zerbrochene Zweige und Spinnennetze erzählen dir, wer vor dir da war. Wenn du dich in der Macchia versteckst, findet dich niemand. Mein Vater hat mir beigebracht, wie man sich in der Macchia bewegt, ohne Spuren zu hinterlassen. Ich werde es dir zeigen. Behalte es für dich, denn das Wissen der Väter ist zu kostbar, um an Fremde weitergegeben zu werden. Merke dir vor allem: Wirf niemals etwas fort! Jeder weggeworfene Gegenstand verrät dich. Nimm dir ein Beispiel an der Wildkatze. Sie vergräbt sogar ihren Kot.«

Giacomoni sprach oft von den Dingen, die ihm

sein Vater mit auf den Weg gegeben hatte: »Ehre ist mehr als Brot. Wenn du Ehre hast, so erreichst du alles im Leben. Man vertraut dir, und du bist stark. Wenn jemand deiner Ehre im Weg steht, so kämpfe, denn es ist besser, tot zu sein als ohne Ehre.«

»Ist sterben schlimm?« fragte Alvo.

»Es gibt Schlimmeres: Alt werden und den anderen zur Last fallen, das ist das schlimmste, immer weniger werden zwischen Herd und Bett.«

»Wie möchtest du einmal sterben, Großvater?«

»In der Macchia durch eine Kugel, mit Schuhen an den Füßen und mit dem Hut auf dem Kopf.« Der alte Giacomoni sprach vom Tod und von der Ehre wie vom Wetter und von den Ziegen. Diese Dinge gehörten zu seinem Leben. Einmal auf dem Weg nach Cargese machten sie Rast in einem verlassenen Haus an der Straße. Dort las Alvo an der Wand die Buchstaben FLNC.

»Was heißt das, Großvater?« fragte er.

»Front für die nationale Befreiung Korsikas«, erklärte der Alte. Er zündete sich eine Pfeife an und sagte: »Zwischen Korsika und Frankreich liegen 250 Kilometer Wasser, und trotzdem werden wir von Paris aus regiert, einer fremden Stadt ohne Macchia und ohne Meer. Nicht einmal unsere Sprache sprechen sie dort.«

»Was wollen die FLNC-Leute?« fragte Alvo.

»Korsika den Korsen.«

»Werden sie nach Paris gehen, um für Korsika zu kämpfen?«

»Nein«, sagte der Alte, »das erledigen wir hier.«

»Wir?« fragte Alvo. »Bist du einer von denen?«

»Du fragst zuviel«, belehrte ihn der Alte.

Alvo nahm einen Stein und schleuderte ihn gegen die Wand, knapp unterhalb der Schrift.

»Laß das!« brummte der Alte. »Jeder weggeworfene Gegenstand verrät dich. Nimm dir ein Beispiel an der Wildkatze.« Wie alle Alten wiederholte er sich. Auch seine Geschichten waren immer die gleichen. Alvo kannte sie fast auswendig, aber er liebte sie trotzdem, vor allem die von Antoine Santa-Lucia, der in die Macchia ging, um seinen Bruder zu rächen. Das Schwurgericht hatte ihn verurteilt. Fünfzig Zeugen hatten gegen ihn ausgesagt. Antoine Santa-Lucia trug ein Heft bei sich, in dem standen die Namen der fünfzig Verräter. Jedesmal wenn er einem von ihnen das Lebenslicht ausgeblasen hatte, so riß er eine Seite aus dem Heft heraus und schickte sie an den Statthalter von Korsika. Unter dem durchgestrichenen Namen, standen immer die gleichen Worte: »*Perdonu un ci sarà chi decisu e trapassu* – Vergebung wird es nicht geben, der Tod aller ist beschlossen.«

Eine Kopfprämie von hundert Goldstücken und

eine Sondereinheit von vierzig Gendarmen vermochten den Rächer nicht zu stoppen. Santa-Lucia tötete alle Verräter. Mitten in Ajaccio erschoß er einen Arzt in der Verkleidung eines englischen Touristen. Als Frau erdolchte er einen Advokaten beim Tanz. Ein weggeworfenes Papier mit seiner Handschrift wurde ihm schließlich zum Verhängnis.

Die Macchia blühte. Sie lagen mit ihren Ziegen oberhalb der Bergstraße nach Vico. Eukalyptus, Rosmarin, Myrte, Wacholder und Oleander wetteiferten miteinander. Die wilden Waldreben leuchteten wie Schneeflocken. Die Hummeln summten, und die Zikaden fidelten. Alvo schnitzte an einer Flöte. Giacomoni lag im Heidekraut, den Hut im Gesicht, und träumte. In der Ferne, versteckt hinter Bäumen, brummte ein Auto wie ein großes schläfriges Insekt. Es kam den Berg herauf aus Vico. Eine Explosion zerriß die Stille. Glas klirrte. Steine prasselten zu Boden. Und dann schrie ein Mensch, eine Frau, oder war es ein Tier? Niemals in seinem Leben würde Alvo den gellenden Schrei vergessen. Wie von einer Schlange gebissen, schreckte Giacomoni aus seinen Träumen. Er griff nach seinem Gewehr, und dann rannten sie den Berg hinab, als sei der Teufel hinter ihnen her.

Das Auto lag neben der Straße mit den Rädern nach oben. Die Explosion hatte die Türen herausgerissen und die Reifen zerfetzt. Im Staub der Straße wälzte sich ein Mensch. Das Schreien war jetzt übergegangen in wimmernde, tierhafte Gurgellaute. Ziegen röcheln so, wenn ihnen das Messer des Schlächters durch die Gurgel fährt. Die Frau lag auf dem Rücken. Die Fetzen eines roten Sommerkleides verhüllten ihre Brüste. Ihr Bauch war nackt und aufgedunsen. Die Bombe hatte unterhalb der Knie beide Füße abgerissen. Ihr Gesicht war von blutigem Haar bedeckt. Die Frau berührte nur mit den Schultern den Boden. Mit unglaublicher Kraft bäumte sich ihr zarter Leib im Todeskrampf auf zur Brücke, wie bei einem Ringer, der sich mit allen Muskelfasern dagegen wehrt, auf die Matte gedrückt zu werden. Weit gespreizt staken die Beinstummel ohne Füße im Staub der Straße. Sie suchten vergeblich Halt, rutschten blutend aus, suchten neuen Halt. Ihre Hände öffneten und schlossen sich, als wollten sie etwas greifen, festhalten. Und dann sahen die Männer, wie sich zwischen den Beinen der sterbenden Frau der Kopf eines Kindes hervorpreßte. Giacomoni hatte schon einige hundert Ziegenlämmer auf die Welt geholt. Er kniete nieder, um der Frau zu helfen.

Da sagte eine Stimme: »Laß das!«

Es waren zwei Männer mit Gewehren. Alvo kannte sie nicht. Aber Giacomoni schien sie zu kennen. Sie nannten ihn bei Namen. Der jüngere der beiden Männer nahm sein Gewehr, repetierte, richtete den Lauf auf den Kopf der Frau. Alvo schlug beide Hände vor sein Gesicht und schrie: »Nein!«

Dann fielen drei Schüsse, und als Alvo wieder aufblickte, lagen die beiden Fremden auf der Straße mit dem Gesicht im Staub.

So hatte er den Hergang auf der Polizeistation geschildert. Der Gendarm an der Schreibmaschine hatte gesagt: »Dein Großvater hat gehandelt wie ein Mann.« In der Zeitung stand, daß Claude Guillard, ein Mitglied des Ministerrats, gemeinsam mit seiner Frau einem Attentat der FLNC zum Opfer gefallen sei. Zwei Terroristen hätten bei dem Anschlag ihr Leben verloren. Die Mitteilung auf der zweiten Seite war nur kurz und beiläufig, um die Touristen nicht zu beunruhigen. Giacomoni und Alvo wurden mit keinem Wort erwähnt, und das hatte seinen guten Grund.

Sie hüteten ihre Ziegen, als wäre nichts geschehen. Nur einmal, als sie mit der Herde die Straße nach Vico überquerten, sagte der Alte: »Wie kann ein Mann eine Mutter töten? Wie kann er so etwas tun, für die Freiheit und die Ehre Korsikas?« Angewidert leerte er seine Rotweinflasche und schleuderte sie mit solcher Wucht auf das Pflaster, daß sie in tausend Scherben zerstob. ›Wirf niemals etwas fort‹, dachte Alvo. ›Jeder weggeworfene Gegenstand verrät dich.‹ Aber er sagte nichts.

Als der erste Regen das Ende des Sommers ankündigte, sammelten sie die Tiere und zogen zu Tal. Der Winter war die einzige Jahreszeit, die sie in einem Haus verbrachten, in einem jener Häuser, die mit verfallenem Mauerwerk und verschlossenen Fensterläden dastehen wie Festungen. Ihre vom Wind polierten Granitwände sind fast meterdick. Häuser sind auf Korsika ein unantastbares Erbe, das man lieber verfallen läßt, als daß man es verkauft.

Am Tag der Heiligen Barbara bezogen sie ihr steinernes Winterquartier im Dorf. Alvo konnte es kaum erwarten. Er freute sich auf die anderen Kinder in seinem Alter. Giacomoni entzündete das Kaminfeuer und den Herd. Die Flammen flackerten. Es roch nach Kaffee, Knoblauch und Äpfeln. Der Nordwind jaulte ums Haus, und der Regen prasselte gegen die Fensterscheiben. Menschen und Tiere waren froh, ein Dach über dem Kopf zu haben.

In der Küche klapperte der Alte mit den Töpfen und Pfannen. Plötzlich stand Alvo in der Tür. »Sieh mal, Großvater, was ich auf der Treppe gefunden habe. Es hing an einem Draht. Als ich es aufhob, begann es zu ticken. Hör mal, wie eine richtige Uhr.«

Giacomoni erstarrte zur Salzsäule. Er war weißer als die Wand. Die Angst schnürte ihm die Kehle zu. Er sah die Frau ohne Füße an der Straße nach Vico. »Wirf es weg!« schrie er. »Wirf es weg!«, er stieß das Fenster auf und schrie: »Wirf es nach draußen!« »Aber Großvater, was ist denn los. Du hast doch selbst gesagt: ›Wirf niemals etwas …‹«

Wie hatte Antoine Santa-Lucia geschrieben:

Vergebung wird es nicht geben. Der Tod aller Verräter ist beschlossen.

Gott ist klein

Mit fünf Jahren wurde ich eingeschult, mit fünfzehn eroberte ich mir die Universität, mit fünfundzwanzig war ich der jüngste Professor meines Landes. Über meinem Leben standen die faustischen Worte: ›Zwar weiß ich viel, doch möcht ich alles wissen.‹ Mein Intelligenzquotient war unmenschlich. Ich schämte mich, ihn zu nennen. Ich besaß ein Gedächtnis wie eine Computerzentrale. Einstein, Planck und Heisenberg erschienen mir wie Sonntagsmaler der Wissenschaft. Ich bewunderte ihre liebenswerte Naivität ohne Hochmut, denn im Gegensatz zu Prometheus verleugnete ich die Götter nicht, sondern versuchte sie verstandesmäßig zu erfassen und in mathematischen Formeln festzuhalten, nicht als Objekte des Glaubens, sondern als beweisbare Realität. Ich sagte mir: Wenn es Gott gibt, so muß er sich auch beweisen lassen, sichtbar und meßbar, wie alles, was existiert.

Glauben, glauben konnte ich an Schneewittchen

und die Sieben Zwerge, an den Weihnachtsmann und den Klapperstorch. Glaube, Hoffnung und Lüge wachsen auf dem gleichen Mistbeet. Wenn Jesus wirklich gedroht hat: »Wahrlich, ich sage euch, wer nicht an mich glaubt und an meinen himmlischen Vater, der wird der Verdammnis anheimfallen bis ins siebente Glied! ...«, wenn er das wirklich gesagt haben sollte, so war er nicht Gottes Sohn, denn so brutal intolerant war nicht einmal Hitler in seinem Glaubensanspruch.

Der Mensch heißt nicht umsonst »Homo sapiens«, der Weise. Wissen ist Fortschritt, Freiheit, Macht, himmelstürmende Aktivität. Glauben basiert wie Aberglauben auf Unwissenheit und Angst. Beide verherrlichen die Demut von Schafen und die Treue von Kettenhunden. Nein, Glaube ist ein primitiver Trommeltanz für Menschenfresser, eine Droge für beichtstuhlsüchtige Masochisten.

Gott war für mich immer eine mathematisch erfaßbare Relation wie der Raum und die Zeit und die vierte Dimension. Ich studierte die alten Religionen und las alle sogenannten Heiligen Schriften vom ägyptischen Totenbuch bis zum Koran. Alle basierten auf der Annahme: Gott ist groß!

Dieser Meinung schloß ich mich als Ausgangsgrundlage zunächst einmal an und verwandte sie als Arbeitshypothese. In meinen Berechnungen setzte ich Gott = Unendlich oder Eins geteilt durch Null. Ich beschäftigte Kompanien von Computern und entdeckte dabei ganz nebenbei, als Abfallprodukt meiner Gottesforschung, dreiundzwanzig neue mathematische Lehrsätze von so elementarem Gewicht, wie sie seit Euklid und Pythagoras nicht mehr erdacht worden sind. Ich bewies einwandfrei, daß Gott kein intergalaktisches schwarzes Loch ist und göttliches Walten nichts mit Anti-Materie zu tun hat. Ich widerlegte sogar die These, daß Gott ein Astronaut sei, was mir fast das Leben gekostet hätte, denn ein von-Däniken-Fan warf eine Bombe nach mir, die mich, Gott sei Dank, nur an den Füßen verletzte und nicht am Kopf, sonst wüßte die Menschheit bis heute nicht, wer Gott ist.

Eines Tages erkannte ich, daß Gott sich ebensowenig in einer mathematischen Formel ausdrücken läßt wie ein Frosch oder ein Pflaumenbaum. So wie die Lebenskräfte sich des Körpers bedienen, ohne deshalb Körper zu sein – ein Toter ist nur Materie –, so benutzt auch Gott die Gesetzmäßigkeiten der Physik und Chemie nur als Werkzeug. Wer Gott hier sucht, benimmt sich so töricht wie jemand, der einen Handwerksmeister in dessen Werkzeugkiste sucht.

»Ich bin das Leben!«

Dieser Satz stand nicht nur im Neuen Testament,

sondern in allen alten Religionsbüchern, in denen Gott zu den Menschen spricht.

So suchte ich Gott in der belebten Natur, nicht als romantisches Gefühl, das einen befällt, wenn man auf blühender Bergwiese liegt oder durch den Winterwald läuft. Solche schwärmerischen Gefühle befallen uns Menschen auch beim Klang einer alten Schallplatte oder beim Anblick eines entblößten Busens. Gott muß mehr sein. Er ist Allmacht und Schicksal. Nichts geschieht auf Erden ohne seinen Willen.

Ich suchte Gott in den Zellkernen von Seeigeleiern, im pflanzlichen Chlorophyll und in der Hirnanhangdrüse des Menschen. Dabei widerlegte ich Charles Darwin, Freud und Kinsey, entdeckte zwei neue Schimmelpilze und einen bis dahin unbekannten Zwischenkieferknochen des Eichhörnchens. Den Nobelpreis für die synthetische Herstellung eines Sexualhormons, das bei der Gemeinen Stabheuschrecke die ungeschlechtliche Zellteilung verhindert, mußte ich ablehnen, weil mir meine Forschung keine Zeit ließ, schon wieder nach Stockholm zu reisen. Ich hatte bereits im vergangenen Jahr den Nobelpreis bekommen.

Und dann ganz plötzlich begegnete ich den Göttern – oder Gott, aber das ist im Grunde ganz gleichgültig –, auf jeden Fall erging es mir wie Moses, auf dem heiligen Berg in der Wüste. Ich stand vor dem Allmächtigen und erkannte ihn.

Verzeihen Sie, wenn meine Ausführungen jetzt etwas wissenschaftlich und langatmig werden sollten. Es läßt sich leider nicht ganz vermeiden. Sie können nicht erwarten, daß sich Gott wie ein einfacher Aufziehmechanismus erklären läßt. Bitte lesen Sie von hier ab etwas langsamer und versuchen Sie mir schrittweise zu folgen.

Haben Sie schon einmal etwas vom Leberegel der Schafe gehört? Dieser Parasit lebt, wie sein Name besagt, in der Leber der Schafe und wird mit dem Kot ausgeschieden. Er liegt dann auf irgendeiner Wiese und würde wie aller tierische Mist schnell zu Pflanzendünger zerfallen, wenn die winzigen Parasiten den Kot nicht so raffiniert umfermentieren würden, daß er für eine ganz bestimmte Schneckenart zum Leckerbissen wird. Diese kommt und frißt ihn. In der Schnecke produzieren die Schmarotzer einen Reizstoff, der die Schnecke wie eine Rauschgiftdroge zum Schäumen bringt. Die mikroskopisch kleinen Parasiten schlüpfen in den Schneckenschaum und warten auf eine Ameise, denn Ameisen mögen nichts lieber als diesen Schaumwein. Die Parasiten werden gefressen und schmarotzen für eine Weile im Darm der naschsüchtigen Ameise. An einem bestimmten Tag durchstoßen alle gleichzeitig die Darmwand und schlüpfen in die Bauchhöhle ihres Wirtes. Eigentlich müßte die Ameise jetzt mit zerlöchertem Darm sterben und mit ihr die Eindringlinge. Aber die Leberegel-Parasiten verschließen die Löcher hinter sich mit chirurgenhafter Akribie. Wenn wir in dieser Phase eine Ameise aufschneiden und unter dem Mikroskop betrachten, so finden wir die Parasiten in der Bauchhöhle. Wir erkennen sogar die kunstvoll vernähten Narben in der Darmwand, aber – und nun kommt etwas Ungeheures! – zählt man die Narben und die Parasiten, so hat man immer eine Narbe zuviel, das heißt ein Parasit fehlt. Er ist spurlos verschwunden. Nach langem Rätselraten ergab sich folgendes: Einer der Eroberer, ein einziger Führungsspezialist, geht in absoluter Dunkelheit den kürzesten Weg zum Gehirn der Ameise. Obwohl er noch nie hier gewesen ist, sucht und findet er einen ganz bestimmten winzig kleinen Punkt in dem komplizierten Gehirncomputer, den er so geschickt umprogrammiert, daß sich die jahrmillionen alte Verhaltensweise der Ameise zum Vorteil der Parasiten verändert. Zwar lebt die Ameise ganz normal so weiter, als wäre nichts geschehen, nachts aber geht sie im Gegensatz zu ihren gesunden Artgenossen nicht in den Bau, sondern kriecht auf die höchste Spitze eines Krautes, das von allen Schafen als Leckerbissen bevorzugt wird. Sie verbeißt sich dort krampfartig in ein Blatt und wird morgens von den weidenden Schafen gefressen. Damit schließt sich der ungewöhnliche Kreislauf, ohne den die Leberegel innerhalb einer einzigen Generation aussterben würden. Für den winzigen Schmarotzer besitzt diese gefahrvolle Reise fast weltraumartige Distanzen. Er vollbringt dabei Leistungen, gegen die unsere Mondlandung nur ein primitives Sackhüpfen ist. Je tiefer ich in dieser Richtung vordrang, um so bewußter wurde mir, daß hier Intelligenzen am Werk waren, neben denen wir Menschen wie Sandflöhe wirkten. Und der Leberegel war ja nur ein Beispiel unter vielen. Da war die Bernsteinschnecke, die normalerweise ihr ganzes Leben am Boden verbringt. Frißt sie jedoch Vogeldreck, der von bestimmten Parasiten befallen ist, so wird das Verhalten der Schnecke umfunktioniert. Sie klettert auf hohe Bäume. Ihre zarten Fühler schwellen an wie Raupen. Sie bewegen sich kringelnd wie Regenwürmer. In ihnen hocken wie auf einer Abschußrampe die Parasiten und locken einen Vogel herbei, der die Fühler frißt. Die Schnecke stirbt als Opfertier.

Ich erkannte mit Erstaunen, daß die Parasiten nicht nur über Fähigkeiten verfügten, von denen wir nur zu träumen vermögen, sondern daß sie wie Götter die Schöpfung beherrschen. Ich sagte mir erschaudernd, wenn sie in der Lage sind, lebendige Gehirne so zu manipulieren, daß ihre Opfer zu willenlosen Werkzeugen werden, so bestimmen sie vielleicht auch meine Gedanken und Handlungen.

Die Ameise, die am Abend eines Tages nicht heimkehrt, glaubt aus freiem Willen zu handeln, denn der Entschluß zu dieser Tat kommt aus ihr selbst. Und dennoch ist sie nur die Marionette eines teuflischen Systems, von dem sie nichts ahnt und für dessen egoistische Zwecke sie geopfert wird. Könnte eine Ameise logisch denken, so müßte sie an ihrer idiotischen anormalen Verhaltensweise erkennen, daß sie fehlgesteuert wird. Einem vernunftbegabten Wesen wie dem Menschen könnte das kaum geschehen. Die Gesetze der Logik lassen sich nicht manipulieren. Eins und eins ist zwei. Daran vermag kein Parasit zu rütteln. Ein Mensch, der das anzweifelt, ist geisteskrank und wird unter ärztliche Aufsicht gestellt.

Betrachtet man jedoch die menschliche Geschichte, so werden alle wichtigen und entscheidenden Dinge unseres Lebens von völlig unlogischen und unvernünftigen Triebkräften geformt. Kriege und Religionen sind Fehlsteuerungen der Vernunft, die sich eigentlich kaum noch unterbieten lassen. Kann man Hiroshima und Hexenverbrennungen anders erklären als mit pathologischem Befall von Gehirnparasiten?

Unser Alltag ist ein wuchernder Dschungel aus manipulierbaren, biegsamen Schlinggewächsen. Hier schmarotzen undefinierbare Gefühle und Leidenschaften, leuchten Träume und welken Hoffnungen. Je länger ich mich mit der Materie befaßte, um so bewußter wurde mir: Gott ist ein Parasit. Die himmlischen Heerscharen sind Schmarotzer!

Wir aber sind ihr Nährboden, ihre Opfer.

Es dauerte eine Weile, bis ich mich an diese Vorstellung gewöhnt hatte. Dann aber besaß ich einen Schlüssel zu allen Geheimnissen des Lebens. Verborgenes begann zu leuchten, Unverständliches nahm Gestalt an, Zusammenhänge wurden deutlich.

Als erstes veränderte sich mein Geschichtsbild. Es ist kein Zufall, daß die Neuzeit in Europa mit dem Schwarzen Tod, der Pest, beginnt. Mit ihr bereiteten die göttlichen Parasiten den neuen Nährboden. Sie erzeugten in den Köpfen der Spanier und Portugiesen ein seltsames Fernweh und benutzten die Entdecker der neuen Welt als Transportmittel für die schmarotzenden Spirillen der Syphilis und den Schnupfen, den es in Amerika noch nicht gab.

Sie erbauten sich mit Hilfe ihrer menschlichen Ameisen Dome und Kathedralen, in denen sich die

Massen leicht manipulieren ließen. Sie programmierten Forschergehirne für Dampfmaschinen, Dynamit und Düsenjäger. In den Köpfen von Napoleon und Hitler planten sie weltweite Aderlasse, die zu neuen Ordnungen führten. Vielleicht arbeitet in diesem Augenblick ein Parasit an dem Großhirn eines Generals, der den ersten Atomkrieg auslösen wird.

Wir Menschen sind nur Schachfiguren auf dem karierten Brett des Schicksals. Ob Bauer oder König, die Züge erledigt ein anderer, und der sitzt nicht mit weißem Bart auf einer Wolke, sondern als noch nicht erkannter Krebsherd in deiner Lunge oder als Hormonstörung in deinem Blut. Dort sorgt er dafür, daß du dir selbst dein Schicksal bereitest.

Ob unser Herr an einem Kreuz hängt oder in einer Schafsleber, ist im Grunde gleichgültig, denn auch Golgatha war nur eine Gehirnmanipulation. Wer das als ketzerisch empfindet, hat das Wesen der Schöpfung nicht begriffen, denn Gott offenbart sich in allen Kreaturen, in einer Ameise von Altona genauso wie in einem Zimmermann aus Nazareth.

Eigentlich ist es komisch, daß außer mir keiner auf die Idee gekommen ist, Gott in der Schafsleber zu suchen. Schon die alten Römer lasen aus der Leber von Schafen ihre Zukunft. Und die Bibel ist voller Hinweise auf das Lamm Gottes. »Ein Lämmlein geht und trägt die Schuld der Welt und ihrer Kinder.« Deutlicher läßt es sich doch nun wirklich nicht mehr sagen … sagen … was wollte ich sagen? Gott ist ein Parasit.

Ich bin wie eine Bernsteinschnecke, die von dem köstlichen Kot gekostet hat. Gott hockt in meinem Hirn. Ich spüre seine explosive Allmacht. Sein Fieber verbrennt mich. Ich höre das knöcherne Klappern meiner Zähne. Sind das meine Finger, die sich vor mir im Bettlaken verkrampfen?

Die Hände der Anstaltswärter greifen nach mir. Die Zwangsjacke erstickt meine Hoffnungen. Glocken dröhnen. Laßt mich! Nein, laßt mich! Laßt mich los. Ich will durch die Wand, zu ihm!

Kulu Kulu

Herr und Frau Neumann kamen aus Deutschland, genauer gesagt aus Oberbayern. Sie lebten seit vier Jahren in Südafrika, wo er für eine Minengesellschaft arbeitete. Die Neumanns waren ein glückliches Paar. Sie lebten in einem schönen Haus am Rande der Stadt und hatten alles, außer Kinder. Das war ihr Kummer.

Ihr schwarzes Mädchen Tugela dagegen hatte entgegengesetzte Sorgen. Tugela war fruchtbar wie ein Wildkaninchen. In den vier Jahren, in denen sie bei den Neumanns die Fußböden polierte und die Wäsche wusch, hatte sie sich dreimal beurlauben lassen, um prall in ihren heimatlichen Kral zu reisen, wo sie jedesmal einen gesunden Säugling in die Welt setzte, den sie ein paar Wochen an ihren gewaltigen Brüsten stillte und dann der Obhut ihres Stammes überließ. Eines Tages stand sie dann wieder am Gartenzaun mit blitzenden Zähnen und lachenden Augen:

»Hallo, Madam, I got a boy!«

Als wäre es die selbstverständlichste Sache von der Welt, Kinder zu bekommen.

Obwohl die Neumanns jede Menge medizinische Bücher lasen und jeden Abend früh zu Bett gingen, rührte sich bei ihnen nichts. Sie turnten vergeblich. Alle Fruchtbarkeit des Hauses schien sich ausnahmslos auf Tugela zu beschränken.

Eines Tages kam es daher in der Küche zu einem Gespräch, dessen Folgen ans Wunderbare grenzen sollten. Frau Neumann betätigte die Kaffeemühle, und Tugela schälte Kartoffeln. Da sagte Frau Neumann:

»Sag mal, Tugela, wie machst du das eigentlich, daß du jedes Jahr ein Baby bekommst?«

Die Frage war blödsinnig, aber sie mußte über dieses Thema sprechen, und zwar mit einem Fachmann, und das war Tugela weiß Gott. Die Schwarze sah erstaunt auf. Sie lächelte mit kindlicher Unschuld und sagte:

»Mein Freund macht sie mit mir. Er zieht mich aus, und dann nimmt er mich in die Arme. Meistens machen wir es so, daß ich ...«

»Nein, nein«, unterbrach sie Frau Neumann mit falscher Scham, was ihrer neugierigen Natur später leid tat. »Du verstehst mich nicht. Ich weiß, wie ihr es anstellt, aber ...«

»Aber was?«

»Schau, Tugela, ich möchte auch gerne ein Baby haben.«

»Und der Master will keine?«

»Doch, doch, aber wir bekommen keine.«

»Hat der Master keine Kraft in der Wurzel?«

»Doch, natürlich. Aber wir bekommen trotzdem keine.«

»Ach so ist das.«

Frau Neumann drehte die Kaffeemühle, und Tugelas Messer schabte über die nassen Kartoffeln.

»Mit Matamagena war es genauso«, sagte Tugela.

»Wer ist Matamagena?«

»Das ist meine älteste Schwester. Sie bekam auch keine Kinder, obwohl sie an manchem Abend drei jungen Männern hintereinander die Kraft aus den Lenden saugte, blieb ihr Schoß ohne Frucht. Es war schlimm. Dann ist sie zu Kubanela gegangen. «

»Wer ist Kubanela?«

»Kubanela hat den größten.«

»So?« sagte Frau Neumann, der es schon leid tat, dieses Gespräch vom Zaun gebrochen zu haben.

»Kubanela hat den größten Zauber von allen. Er ist der Medizinmann meines Stammes. Keiner kann, was er kann. Er hat Matamagena einen Kulu Kulu gegeben. Zwei Monate später war sie schwanger. Aber es geschah ein Unglück.«

»Warum? Hatte sie eine Fehlgeburt?«

»Nein, schlimmer. Sie bekam Zwillinge.«

»Aber warum ist das ein Unglück?«

Frau Neumann vergaß vor Erstaunen weiter zu mahlen.

»Zwillinge sind ein Fluch der Dämonen. Einer von beiden ist ein Teufel, und da wir nicht wissen welcher, so lassen wir beide nicht leben. Wir legen sie in die Sonne und begraben sie bei Nacht.«

Es entstand eine längere Pause. Dann fragte die Hausfrau: »Was ist ein Lululu?«

»Kulu Kulu«, verbesserte Tugela. »Das ist eine Holzfigur aus der Wurzel eines alten Affenbrotbaumes. Wenn man die Wurzel bei Neumond ausgräbt und mit einem Messer beschnitzt, an dem das Blut einer weißen neugeborenen Ziege klebt, so gibt sie Fruchtbarkeit. Holt man sie ins Haus, so bekommt man Kinder. Der Zauber ist sehr stark und wirkt immer.«

»Auch bei Weißen?« fragte Frau Neumann ungläubig.

»Sogar bei Hunden und Schweinen«, sagte Tugela.

Sie steckte sich den Zeigefinger in den Mund. Sie schob ihn zwischen den breiten feuchten Lippen tief hinein und zog ihn schmatzend wieder heraus.

»Nur einmal so«, sagte sie, »und du hast ein Baby.«

Als Tugela das nächstemal von ihrem Stamm zurückkehrte – sie hatte ein strammes Mädchen zur Welt gebracht –, da kramte sie aus ihrem Reisepappkarton eine kleine schwarze Figur hervor. Der Kulu Kulu war etwa zwanzig Zentimeter groß. Der Dämon hatte den Oberkörper einer Frau und einen männlichen Unterleib. Der pralle Bauch und die schweren Brüste standen in fremdartigem Gegensatz zu dem riesigen Penis.

Frau Neumann nahm die Skulptur mehr neugierig als gläubig und steckte sie unter ihre Doppelmatratze, wie ihr Tugela geraten hatte. Dort lag sie nicht einmal zwei Monate, dann geschah das Unglaubliche:

Frau Neumann war schwanger!

Natürlich glaubte sie nicht an die Zauberkraft des Kulu Kulu. Es war halt geschehen, was bei allem ehelichen Fleiß irgendwann einmal geschehen mußte. Sie hatte die kleine Holzfigur längst vergessen. Sie war glücklich, aufgeregt und voller Pläne.

Dann kam der große Tag. Als Herr Neumann sie aus der Klinik nach Hause holte, trug sie Zwillinge im Arm. Tugela stand an der Gartenpforte. Sie betrachtete die Babys und sagte: »Der Zauber hat gewirkt.«

Es wurde Frühling, Sommer, Herbst und Winter, und es war eigentlich an der Zeit, daß Tugela zu ihrer jährlichen Niederkunfts-Heimreise aufbrach. Stattdessen wölbte sich Frau Neumanns Bauch, und man sah ihr an, daß dieser Zustand sie nicht mehr so beglückte wie im Vorjahr.

Eines Morgens in der Küche fragte Tugela:

»Wo ist eigentlich der Kulu Kulu?«

»Was? Ach so ja, der ist irgendwo zwischen meinen Sachen im Schlafzimmer. Warum fragst du?«

»Solange der Kulu Kulu im Haus ist, wirst du regelmäßig wie ein Wildkaninchen schwanger werden. Vielleicht sind es wieder Zwillinge. Der Zauber ist stark.« Sie schob sich genüßlich den steifen schwarzen Zeigefinger zwischen die angefeuchteten Lippen.

»Nur einmal so, und du hast ein Baby.«

Ein paar Tage später verschickte Frau Neumann die kleine kunstvoll geschnitzte Holzfigur in einem Weihnachtspaket an ihre Mutter nach München. Die alte Dame war zweiundsiebzig. Der Fruchtbarkeitszauber des Kulu Kulu würde bei ihr wohl kaum noch wirken.

Kurz nach Ostern erhielten die Neumanns einen Brief aus München. Darin schrieb die alte Dame, ihr Dackel sei gestorben, bei der Geburt von fünfzehn Jungen. Die seltsame Holzfigur habe sie einer jungen katholischen Ordensschwester geschenkt, die sich sehr liebevoll um sie bemüht habe.

»Ich hoffe, ihr habt nichts dagegen.«

Flugstunde

Das Wasserflugzeug liegt wartend im Wind. Wellen wiegen den eisernen Vogel. Das Glucksen unter seinen Kufen erinnert an das alberne Gehabe junger Mädchen. Die Flügelspitzen zittern wie die Brüste einer wartenden Geliebten. Schlammiges Wasser spiegelt Wolken und Möwen. Am fernen Ufer bellt ein Hund. Jemand hackt Holz. Das Wasser trägt die Laute davon.

Am Landungssteg wird ein Motor gestartet. Die schläfrige Maschine wehrt sich vergeblich. Zornig zerhackt der Zweitakter die Stille des neugeborenen Tages.

Seht, da kommt das Boot! Im Bug kauert eine junge Frau mit nackten Knien und wehendem Haar. Sie hält die Hand ins Wasser wie ein spielendes Kind. Tropfen sprühen, gläsernes Konfetti. Sie spürt die prickelnde Kühle auf der Haut. ›Nackt schwimmen‹, denkt sie.

Im Heck beim Motor steht ein Mann. Er sitzt. Es

gibt Tatmenschen, die stehen immer, auch wenn sie sitzen. Zwischen dem Schirm der Mütze und dem hochgeschlagenen Kragen blitzen blaue Augen aus faltigen Augenwinkeln.

Auf der Mittelbank hockt ein Junge, mager und ungekämmt. Er friert. Sein Bett ist noch warm. Gedankenlos wirft er einen Stein. Das Ziel überläßt er dem Zufall. Die Bugwelle des Bootes erreicht das Schilf, das sich schaukelnd verneigt. Nun sind sie beim Flugzeug.

Worte werden gewechselt. Der Junge übernimmt die Pinne. Der Tatmensch demonstriert, daß er seinen Namen zu Recht trägt. Schuhe aus weißem Leinentuch besteigen geübt eine eiserne Leiter. Er reicht ihr die Hand, keine herzliche Geste. Gute Schule, Dressur. Die Tür fällt ins Schloß. Flüchtiges Winken. Hastig bringt der Junge das schwankende Boot aus dem Startbereich. Er hat seine Müdigkeit abgestreift, ist aufgeregt, wartet. Und dann erwacht der Silbervogel. Stolz wie ein Schwan gleitet er über den See. Schneller, immer schneller werdend jagt er auf dem Wasser dahin, hebt ab, steigt, leuchtet in der Morgensonne wie geschliffenes Glas, schrumpft, blinkt ein letztes Lebewohl, dann wischt ihn der Dunst der Ferne von der Tafel des blanken Himmels.

In der Pilotenkanzel arbeiten die Armaturen. Zeiger gleiten über Zahlen. Zeiteinheiten werden durch Distanzen dividiert. Die Meldungen reichen vom Drehmoment der Motoren bis zum Gewicht des Morgenhimmels in Millibar.

Es ist ihr erster Alleinflug. Die junge Frau spürt den Aufwind in ihren Händen, ein werbender Druck, weich und hart werdend, ein atmender Bauch. Sie genießt das schwebende Gefühl. Wolke, Vogelfeder sein.

Der Mann neben ihr gibt knappe Anweisungen. Er könnte ihr Vater sein. Sie sind miteinander verheiratet. Sie haben ein gemeinsames Bankkonto und gemeinsame Kinder auf einem Internat. Sie liebt den Wassersport, er lebt für die Fliegerei. Er kann nicht schwimmen und haßt Wasser. Für sie gibt es nichts Langweiligeres als theoretische Aviatik, sphärische Trigonometrie oder Sternmotoren, trotzdem hat er sie gezwungen, den Flugschein zu machen.

Seine Selbstsicherheit verwirrt sie. Ohne zu zögern greifen seine sehnigen Hände zur richtigen Zeit zu, bewegen Hebel, ziehen Register, pressen Kontaktschalter, drehen Knöpfe. Gefühllos erfassen die glasblauen Augen jede Bewegung der Armaturen, kontrollieren, registrieren. Seine Anweisungen fallen wie Befehle. Schutzlos wie ein Versuchstier fühlt sie sich seiner kalten Überlegenheit ausgeliefert. Sie zögert, macht einen Fehler.

»Erst denken, dann handeln«, sagt er.

›So ist er auch im Bett‹, denkt sie.

›Mit der gleichen technischen Routine bedient er meinen Körper, den richtigen Knopf zur richtigen Zeit. Nichts dem Zufall überlassen! Jeder Absturz ist die Folge eines Fehlers. Ich bin eine seiner Flugmaschinen. Bauchlandung heißt es im Fliegerjargon, wenn sie mit einem Mädchen schlafen. Motorfanatiker sind miserable Liebhaber‹, denkt sie. ›Es fehlt ihnen das Anpassungsvermögen der Reiter und das Fingerspitzengefühl der Segler.‹

Über dem See türmen sich Wolken im warmen Licht der Sonne. Segel leuchten wie weiße Vögel. Ein Bach windet sich träge durch bestellte Felder, die so ausschauen, als hätte man sie mit dem Lineal gezogen. Dazwischen lasten schwarze Waldstücke. Aus einem Spielzeughaus steigt Rauch empor. Ein paar große ruhige Augenblicke des Sommers gleiten vorüber.

Er befiehlt die Landung.

Vorsichtig – so wie sie es gelernt hat – nimmt sie das Gas weg. Der Zeiger des Tourenzählers gleitet zum linken Rand. Sie fallen, verlieren Höhe. Vor ihnen liegt die vertraute Rollbahn der Flugschule.

Er beobachtet sie. Macht sie etwas falsch?

Sie spürt seinen lauernden Blick. Er beobachtet sie, wartet, wartet bis zum letzten Augenblick.

Dann schreit er: »Bist du wahnsinnig. Das ist ein Wasserflugzeug!« Zu Tode erschrocken, reißt sie den Steuerknüppel, startet durch, steigt. Ihr Herz rast. Sie zittert am ganzen Leib. »Erst denken, dann handeln«, sagt er.

Ihre Hände sind naß vor Angstschweiß. Der Druck in den Ohren quält sie. Sie wehrt sich gegen aufkommende Übelkeit. Sein grinsendes Gesicht füllt die ganze Kabine aus. Zum ersten Mal sieht sie ihn, sieht ihn, wie er wirklich ist: das glatte leere Herrengesicht, den spöttischen Zug der angehobenen Brauen, die tief eingegrabenen trotzigen Zornesfalten über der Nasenwurzel, das arrogante Grinsen in den Mundwinkeln und das brutale Kinn.

Sie blickt in die Augen eines unsympathischen Fremden. Ist das der Mann, mit dem sie ihr Leben teilt? Haben sie wirklich Kinder miteinander?

Sie erschrickt vor dieser Maske des selbstzufriedenen Erfolgsmenschen, der sich nimmt, was er will. Auch sie steht auf seiner Habenseite als technisches Spielzeug. Zum ersten Mal in ihrem Leben empfindet sie ein echtes Gefühl für ihn: Haß.

Behutsam setzt sie den Vogel auf, gleitet bis zum Stillstand und stoppt die Maschinen.

»Das war mein letzter Flug.«

»Unsinn«, lacht er, »ich kenne das Gefühl. Erst denken ...«

»Nein«, sagt sie, »es ist das Gefühl, das uns Menschen zum Denken anregt. Niemals ist es umgekehrt.«

Die Antwort verwirrt ihn. Für einen Augenblick spürt er ihre Feindschaft. Dann ist er wieder der Tatmensch, der Möchtegern-große-Junge.

»Behaupte niemals, einen Menschen zu kennen, bevor du nicht mit ihm geflogen bist!« Lachend schwingt er sich aus dem Sitz, stößt mit dem Fuß die Tür auf und springt – wie er es immer tut – hinaus auf den Rasen …

Sie hört den platschenden Aufschlag.

»Erst denken, dann handeln«, sagt sie.

Schlammiges Wasser spiegelt Wolken und Möwen.

Das Glucksen unter den Schwimmkufen erinnert an das alberne Gehabe junger Mädchen.

Das Meisterwerk

Gewitterwolken ballten sich über der Stadt. Jenseits der Berge zerriß ein Wetterleuchten die Finsternis. Seine Blitze spiegelten sich in dem schlammigen Fluß. Der Sturm erwachte wie ein junger Hund. Er schüttelte die Schatten der Zypressen; tolpatschig noch und zögernd jagte er durch die engen Gassen, wirbelte Staub und Unrat vor sich her, rüttelte an Türen und Fensterläden und fuhr fauchend und jaulend in die kalten Kamine.

An der Piazza San Sebastiano brannte in den Turmfenstern eines schmalen Hauses noch Licht. Der Schatten eines alten Mannes lag über geöffneten Folianten. Der Alte war so vertieft in seine Studien, daß er das Poltern an seiner Haustür erst beim zweiten Mal wahrnahm. Mit dem Harzlicht in der Hand stieg er die Stufen hinab.

Jemand klopfte, als sei der Teufel hinter ihm her.

»Wer da?« fragte der Alte.

»In Gottes Namen, macht auf!« keuchte eine

atemlose Stimme. »Macht auf, Meister, ich bin's, Giuliano di Villana, der Sekretär des Herzogs.«

Ein Riegel wurde zurückgestoßen. Die rostigen Angeln der Tür quietschten qualvoll. Der Wind fuhr ins Treppenhaus und löschte das Licht. Der späte Gast atmete wie ein gehetztes Wild: »Der Herzog schickt mich. Ihr müßt sofort zu ihm kommen, mit Euren Farben und Eurer Leinwand. Rasch, beeilt euch!«

»Um diese Tageszeit?« fragte der Alte ungläubig. »Mit meinen Farben?« Kopfschüttelnd tastete er sich die finstere Treppe empor und kramte seine Gerätschaften zusammen. Barhäuptig folgte er dem Sekretär, der mit wehendem Mantel und wippendem Degen vor ihm her hastete. Ihre Schritte hallten auf dem Pflaster der winkligen Gassen. Ratten kreuzten ihren Weg, huschten erschreckt davon, wurden von den Rissen der Stadt verschluckt.

Durch eine Hintertür gelangten sie in den Palazzo. Sie überquerten den Innenhof und stiegen eine schmale Wendeltreppe empor. Giuliano öffnete ohne anzuklopfen die Tür zu den herzoglichen Privatgemächern. Er ließ den Alten eintreten und folgte ihm. Die Kerzen in den Kandelabern flackerten beim Schließen der Tür. Ihre Schatten bewegten sich in den Damastvorhängen, als wäre der Sturm in die Faltenwürfe gefahren. Auf einem breiten Bett lag der nackte Körper einer jungen Frau. Davor kniete mit dem Rücken zur Tür die hagere Gestalt des Herzogs. Er streichelte ihr Haar. Zögernd trat der Alte an das Bett, wie ein Arzt, den man zu spät gerufen hat. Die Frau war seit mindestens acht Stunden tot. Die Leichenstarre war noch nicht eingetreten. Der blasse Leib leuchtete auf der Zobeldecke wie polierter Marmor. Sie lag auf dem Rücken, den Kopf und die Knie leicht zur linken Seite gedreht. Ihr aufgelöstes Haar leuchtete im Kerzenschein wie chinesische Seide. Entspannt wie ein schlafendes Kind lag sie auf dem Bett. Aber da waren die Würgemale auf dem weißen geschmeidigen Hals. Man hatte ihr den Kehlkopf zerbrochen. Die Tote war eine Gherardini. Lisa Gherardini.

Jeder Mann in der Stadt kannte sie. Man bewunderte ihre Anmut. Sie war die Gattin des Bartolomeo di Zanobi del Giocondo. Die Gherardinis gehörten zu den angesehenen Familien der Stadt. Sie waren ein stolzes Geschlecht mit heißblütigen Töchtern und noch heißblütigeren Söhnen. Neapel war ihre Heimat: Die Tote auf dem Bett des Herzogs würde eine Familienfehde ohne Ende auslösen. Blut würde fließen, viel Blut.

Niemand sprach. Die Stille war unerträglich. Lautlos verbrannten die Lichter ihr Wachs. Endlich erhob sich der Herzog, so als sei er aus einem tiefen

Schlaf erwacht. »Tot«, flüsterte er, »tot, tot. Ich habe sie erwürgt. Ich liebe sie. Jetzt gehört sie mir ganz allein.« Er lachte.

›Er ist wahnsinnig‹, dachte der Alte: ihn fror.

»Sie fehlte mir am meisten, wenn sie bei mir war«, sagte der Herzog. Er sprach zu sich selbst. »Sie hat mir nie gehört. Sie lebte hinter einer gläsernen Tür, zu der ich keinen Schlüssel besaß. Nun wird alles gut.«

Er küßte sie. Und dann, als sei er vollends erwacht, blickte er zu dem alten Mann in seinem Schlafgemach. Er sagte: »Sie ist nicht tot. Ich werde sie unsterblich machen, und Ihr werdet mir dabei helfen. Ihr werdet sie malen. Schaut sie Euch an.« Er nahm den Alten bei der Hand und führte ihn um das Totenbett herum.

»Schaut sie Euch an. Habt Ihr jemals vollendetere Anmut unter der Sonne gesehen? Ihr werdet sie malen, ohne eine Feinheit hinzuzufügen. Ich will sie so, wie sie ist. Ich zahle Euch, was Ihr fordert. Wo sind Eure Farben? Bringt ihm eine Staffelei! Er muß sofort beginnen. Margeriten muß man malen, bevor sie verwelken.«

Der Alte wollte protestieren. Malen bei diesem Licht? Unmöglich! Künstler sind kein mechanisches Spielzeug ... Langsam legte sich die Leichenstarre über den toten Leib. Die Finger krümmten sich bereits zu Vogelkrallen. In wenigen Stunden würde diese vollendete Gestalt nur noch ein übelkeiterregender Kadaver sein. Die junge Frau zerschmolz wie eine Schneeflocke im Licht der Sonne. Der alte Mann nahm die Herausforderung des Schicksals an. Sie bekleideten die Tote, setzten sie in einen Lehnstuhl, ordneten ihr Haar. Mehr Kerzen wurden gebracht. Silberne Armleuchter wurden bewegt, umgestellt, angehoben bis das Gesicht im richtigen Licht lag. Kohlestifte wurden gespitzt, Rötelkreide geschabt.

Als das erste Licht des neuen Tages durch die bleiverglasten Scheiben sickerte, hatte der Alte in seinem Skizzenblock die Vorarbeit vollendet. Aufbau und Anlage standen fest. Auf dem Boden lagen sehr genaue anatomische Studien der Nase und des Mundes, von Haaransatz und Ohren. Am meisten Mühe bereiteten die toten Augen. Glanzlos, gebrochen, kalt und leer starrten sie in die Ferne, aus der noch kein Sterblicher zurückgekehrt ist.

Farbpulver wurden im Mörser zerstoßen, vermischt, Leinsamenöl angerührt. Der Alte arbeitete wie besessen. Er lief mit dem Tod um die Wette. Die Tote zerfiel mit der gleichen Geschwindigkeit, mit der er ihr Abbild auf die Leinwand brachte. Kaum hatte er den warmen Ton ihrer makellosen Gesichtshaut erfaßt, da traten auch schon die ersten

Leichenflecken sichtbar in Erscheinung, rotblau wie Frostbeulen, schlecht verschorfte Brandwunden, Aussatz.

Soeben hatte er auf der Leinwand dem schlanken Hals letzte Vollendung verliehen, da wurde er plump, unförmig, aufgedunsen vom Gewebewasser der Verwesung. Vor seinen Augen zerfielen die feinen, fast zerbrechlichen Linien ihrer Anmut. Wohlklänge zerbrachen zu ekelhaften Dissonanzen. Der junge, geschmeidige Leib, dessen verführerische Schönheit die Männer zu Raserei und Mord getrieben hatte, zerfloß zu amorphem Brei. Die Gewitterschwüle und das Feuer der Kerzen beschleunigten den Zerfall.

Das Antlitz auf der Staffelei wurde immer lebendiger, während sein Vorbild verfiel. Doch bevor es dem Alten gelang, den fast beneidenswerten Ausdruck entspannter Glückseligkeit festzuhalten, begann die Totenstarre ihr fratzenhaftes Spiel. Die Mundwinkel hoben sich zu einem wehmütigen Lächeln, einem letzten Lebewohl.

Diesen nur einen Herzschlag langen Augenblick auf der Grenze zum Schattenreich bannte der Alte mit seinem Pinsel. Dann öffneten sich langsam die Lippen, legten die Zähne frei bis über das Zahnfleisch wie bei einer tollwütigen Ratte, einem feixenden Vampir.

Der Alte arbeitete wie besessen den ganzen Tag und die folgende Nacht hindurch. Er hatte seine Umwelt vergessen. Über der Stadt tobten Gewitter. Er hörte sie nicht. Kerzen wurden entzündet und gelöscht. Er sah sie nicht. Krämpfe schüttelten ihn. Übelkeit sprang ihn an. Fieberschauer verbrannten ihn. Am Ende stürzte er in tiefe Ohnmacht.

Die Tote aber wurde noch in derselben Nacht außerhalb der Stadt im Fluß versenkt.

So malte Leonardo da Vinci die Mona Lisa, Geliebte eines Herzogs und Gattin des Bartolomeo di Zanobi del Giocondo. Seit Generationen stehen staunende Menschen vor dem Bildnis der Gioconda und versuchen ihr rätselhaftes Lächeln zu ergründen. Ich habe dir die Lösung des Rätsels verraten: Aus diesem Antlitz grinst der Tod dich an!

Japanischer Jesus

Als der Tag seine heißeste Stunde erreicht hatte, beendete der Präsident des naturwissenschaftlichen Kongresses in Hiroshima die erste Vortragsreihe des Tages mit einem Segenswunsch für Kaiser Hirohito. Die Abgeordneten erhoben sich von ihren Plätzen und verneigten sich. Es war ein Bild tiefen Friedens. Nichts verriet, daß der Krieg zwischen Japan und Amerika in seine blutigste Phase getreten war.

Am Fluß Isuzu bei der Stadt Uji-Jamada in der Mie-Präfektur weihten die Shinto-Priester vor dem heiligen Schrein täglich neue Kamikaze-Flieger. Mehr als hundert solcher Schreine gab es in Japan, und Nippons junge Söhne flogen mit dem Kamikaze-Tuch um die Stirn ihre Bombenladungen in die Mündungsfeuer der amerikanischen Schlachtschiffe. Sie taten es mit der gleichen rätselhaften Selbstaufgabe, mit der die Nachtfalter in den Lampions der Kirschblütenfeste verglühen.

»Was halten Sie von der Aufzeichnung eines Gedankens mit Hilfe des Enzephalographen?« fragte Dr. Toyokuni seinen deutschen Kollegen Dr. Eichler, als sie nebeneinander auf dem Kiesweg hinter dem Kongreßgebäude der Kaiserlichen Akademie dem Ausgang zustrebten.

»Ein Gedanke ist ein Hirnstrom, der über einen Enzephalographen als flache Wellenschwingung ablesbar ist«, erwiderte Dr. Eichler, »daran ist nichts Zweifelhaftes.«

»Ich weiß, man kann es aufzeichnen und erklären, aber ich glaube nicht daran. Sehen Sie, ich kann nicht glauben, daß die klaren Gedanken des Basho oder die zarten Gefühle der Hofdame Shonagon physikalisch meßbare Stromstöße sein können, so ablesbar wie das seismographische Kurvendiagramm einer Erdbebenstation. Vielleicht ist es für Sie als Europäer leichter, sich mit diesem Gedanken vertraut zu machen. Ihre Handlungsweise wird von einem stark ausgeprägten Kausalitätsdenken bestimmt. In Japan war das immer anders. Hier haben so alltägliche Dinge wie das Servieren eines Fisches, das Zum-Mund-Führen eines Reisstäbchens oder die Anordnung von Blüten in einer Vase eine tiefe gefühlsmäßige Bedeutung.

Wir Japaner sind ein zutiefst religiöses Volk. Niemand in diesem Land zweifelt an dem göttlichen

Ursprung des Kaisers. Für diesen Glauben leben wir, und für diesen Glauben an den Tenno, der ein Sohn des Himmels ist, sterben wir. Im Soldatenschrein Yasukumi wird die Asche aller für Japan gefallenen Krieger aufbewahrt. Daher lautet der Abschiedsgruß unserer Soldaten: ›Auf Wiedersehen im Yasukumi.‹ Ich habe vier Söhne dort.«

Nach einer längeren Pause sagte er: »Gewiß erscheint Ihnen vieles in Japan verwunderlich. Sie kennen unser Land nicht. Japan, das sind mehr als achttausend Inseln mit fast zweihundert Vulkanen. Immer waren wir auf unseren engbegrenzten Inseln dem Vulkan, dem Sturm und dem Meer ausgeliefert. Die Natur ist ein Teil unseres Lebens. Unsere Häuser sind nur ein Teil des Gartens. Wir haben uns nie bemüht, die Natur zu bezwingen, wir haben uns eingefügt. Niemand bekämpft Winterkälte mit Ofenwärme, niemand klagt, wenn das Erdbeben unsere Kinder verschlingt. Einer unserer Dichter hat gesagt: ›Das Feuer hat mir mein Haus geraubt. Nun kann ich mich ganz dem Mond hingeben.‹ Niemals werden Sie Japan begreifen, wenn Sie nicht unsere Hingabe an die Natur erkennen. Der Tod ist ein Teil der Natur wie der Krieg. Wir verneigen uns vor der Sonne, ehren die Früchte und Blüten unserer Felder und sind überzeugt, daß Bäume eine Seele haben. Ein alter Baum ist so ehrenwert wie ein Greis.«

Sie waren jetzt zum Ausgang des Gartens gekommen und gingen im Schatten der Akazien und Koniferen.

»Woran glauben Sie?« fragte Dr. Toyokuni. »Sie müssen mir von dem erzählen, von dem Sie glauben, daß er Gottes Sohn ist. Darf ich Sie morgen vor Sonnenuntergang in mein Haus zum Tee bitten?«

Das eingeschossige Holzhaus lag an einem Berghang in einem Garten zwischen großen glatten Steinen, die in Japan so beliebt sind, daß sie sogar in modernen Warenhäusern feilgeboten werden.

Als Dr. Eichler seine westlichen Kleider mit einem Seidenkimono vertauscht und sich seiner Straßenschuhe entledigt hatte, wurde er in den Wohnraum geführt. Es gab keine Möbel außer einem niedrigen Tisch. Eine Vase mit einem Blütenzweig und ein Rollbild waren der einzige Schmuck. Weiße Wandflächen, blankpoliertes Holz und federnde Reisstrohmatten. Hinter einer Fensterwand aus gleichmäßigen Quadraten leuchtet der Garten im letzten Licht des Tages. Nach dem Zeremoniell der Teezubereitung, bei dem nicht gesprochen wurde, begann der Hausherr das Gespräch über den Krieg und die politische Lage.

Er erzählte von dem japanischen Kaiser Hidejoshi, der China erobern wollte und den König von

Korea um militärischen Beistand bat. Lien Koku O, der Herrscher von Korea, hatte geantwortet: »Du willst China erobern? Dann bist du die Muschel, die den Ozean ausschöpfen will, die Biene, die sich abmüht, den Panzer der Riesenschildkröte zu durchstechen.«

Und doch war Japan in den Krieg gegangen. Und ganz unvermutet sagte Dr. Toyokuni: »Erzählen Sie mir vom Sohn Ihres Gottes.«

Er füllte die Schalen mit heißem Tee. Der Deutsche trank und begann zu erzählen, vom Gebot des Kaisers Augustus, von der Krippe in Bethlehem, von Jüngern und Hohenpriestern bis zur Kreuzigung und Auferstehung. Als er geendet hatte, fragte ihn sein Gastgeber: »Glauben Sie daran?«

Und Dr. Eichler sagte: »Nein.«

Nach einer Pause fragte Dr. Toyokuni: »Haben Sie jemals von den Ainus gehört?« Als der andere verneinte, fuhr er fort: »Alle Tungusen-Völker halten den Bären für den Mittler zwischen Diesseits und Jenseits. Dieser Glaube ist uralt. Gewisse eiszeitliche Knochenfunde weisen darauf hin, daß es ihn schon in den Höhlen der Neandertaler gab. In unseren Märchen leben noch Reste dieser Urreligion: Im Bären steckt häufig ein Königssohn, der auf seine Verwandlung wartet. Das Leben ist nur kurz. Der Mensch vermag in der knappen Zeitspanne zwischen Geburt und Tod nicht vieles zu erfahren. Gäbe es nicht die Verbindung zu den Seelen der Ahnen und der Allheit der Götter, so wäre das Leben sinnlos.

Wie aber kann diese Brücke zum Jenseits geschlagen werden? ›Dafür ist der Bär da‹, sagen die Ainus. Sie sind unsere völkischen Vorfahren und leben heute nur noch auf Hokkaido und Sachalin.

Das größte Fest der Ainus ist das ›Iyomande‹, das Heimsenden der Seele des heiligen Bären. Nach allem, was Sie mir erzählt haben, entspricht das Iyomande – verzeihen Sie den Vergleich – Ihrer Kreuzigung und Himmelfahrt. Der Bär wird gequält, gefoltert und getötet. Dabei wird er an einen Holzpfahl gebunden. Beginnt er zu sterben, so wird er mit einem Lanzenstich ins Herz erlöst:

›Wir senden dich fort zu deinem Vater.
Wenn du dort bist, sprich gut von uns.
Steh uns bei in aller Not.‹

Sein Blut wird aus einem Kelch getrunken. Man nennt den Bären ›Chinukara-guru‹, das heißt, der Prophet. Sie sehen, auch auf unseren Inseln gibt es den Glauben an den Opfertod einer unschuldigen sterblichen Kreatur, die durch ihre Leiden die Menschen mit dem Vater im Himmel versöhnt. Aber das geschieht hier nicht nur einmal, sondern immer wieder.

›Komm zurück. Dann wollen wir ein neues Fest feiern und dich noch einmal entsenden zu deinem Vater im Himmel!‹ So singen die Ainus.

Was sagt Ihr Glaube über die Wiederkunft des Heilands? Kommt er zurück?«

»Die Bibel sagt, daß er wiederkommen wird, um am Jüngsten Tag Gericht zu halten über die Menschen. Aber warum interessiert Sie das alles so sehr?« Es klang ein wenig spöttisch, als der Deutsche fragte: »Wollen Sie Christ werden?«

Der Japaner lächelte und trank seinen Tee aus: »Man hat mir einen Mann in die Nervenklinik gebracht, einen von der Insel Hokkaido. Er nennt sich Chinukara-guru und behauptet, er sei Gottes Sohn. Der Kaiserliche Gerichtshof hat ihn zum Tode verurteilt. Er hat den Waffendienst verweigert, den Kaiser und den Yasukumi-Schrein beleidigt. Man hat ihn verurteilt. Da man jedoch an seinem Verstand zweifelt, hat man ihn mir überantwortet. Von meiner Entscheidung hängt sein Leben ab. Ich muß bis morgen abend mein Gutachten ausgestellt haben. Würden Sie mir dabei helfen?«

»Dazu müßte ich den Mann sehen.«

»Darum wollte ich Sie bitten.«

Durch einen Sehschlitz in der Zellentür konnte man den Gefangenen beobachten, ohne von ihm gesehen zu werden. Er stand unter dem kalten Licht einer nackten Glühbirne und starrte zum vergitterten Fenster empor. Seine Lippen formten unausgesprochene Laute. Ein fiebriges Feuer brannte in seinen Augen. Sein hageres asketisches Gesicht wirkte hart und leichenfahl unter dem weichen blauschwarzen Haar.

»Ich will ihn sprechen«, sagte Dr. Eichler.

Als sie die Zelle betraten, wandte ihnen der Fremde das Gesicht zu, ohne seine Haltung zu verändern. Eine raubtierhafte Selbstsicherheit ging von dem Mann aus, der nur an sich glaubte und an seine Mission. Sein pathologisches Sendungsbewußtsein umgab ihn wie ein Kraftfeld. Er gehörte zu jenen Menschen, die man als Heilige verehrt oder als Ketzer verbrennt. Zwischen diesen beiden Extremen gibt es für sie keinen Platz in der bürgerlichen Gesellschaft, außer in einer geschlossenen Anstalt.

»Wer bist du?« fragte Dr. Eichler.

»Ich bin das Licht der Welt, der Chinukara-guru, Gottes Sohn.«

»Der Sohn welchen Gottes?«

»Es gibt nur einen Gott!«

»Du erwartest von uns, daß wir dir glauben?«

»Alle Dinge sind denen möglich, welche glauben.«

»Warum hast du den Kaiser beleidigt?« fragte Dr. Toyokuni.

»Ich habe ihn nicht beleidigt. Ich habe gesagt: ›Gebt Gott, was Gott gehört, und dem Kaiser, was dem Kaiser gehört.‹«

»Du hast den Menschen gepredigt, daß der Kaiser nicht göttlichen Ursprungs sei. Du hast versucht, den Kampfgeist des Volkes zu unterhöhlen.«

»Ich habe gesagt: ›Liebet eure Feinde.‹«

»Du bist ein Feigling. Du hast den Aufruf zu den Waffen verweigert. Du hast dich geweigert, dein Leben dem Yasukumi-Schrein zu opfern.«

»Wer zum Schwert greift, wird durch das Schwert umkommen. Selig sind die Friedfertigen. Selig sind die, die um der Gerechtigkeit willen verfolgt werden. Selig sind ...«

Der Mann von Hokkaido schien mit sich selbst zu sprechen. Dr. Toyokuni ließ ihn nicht aus den Augen. »Wie kannst du so vermessen sein, dich neben den göttlichen Tenno zu stellen?«

»Mein Reich ist nicht von dieser Welt. Der Chinukara-guru ist nicht gekommen, um sich dienen zu lassen, sondern um zu dienen und sein Leben zu opfern zur Bezahlung für viele.«

Dr. Eichler untersuchte die Augen des Gefangenen, klopfte seinen Schädel ab, prüfte Reflexreaktionen und richtete Fragen an den Fremden.

Draußen dröhnten die Bomberverbände über die Stadt, und der Sohn Gottes sprach von Frieden und Unsterblichkeit.

Dr. Eichler sagte: »Der Mann ist verantwortlich für das, was er sagt. Seine Antworten sind folgerichtig und logisch, sein Reaktionsvermögen ist normal. Ich halte ihn für einen religiösen Spinner.«

»Seine Worte sind so dunkel«, sagte Dr. Toyokuni. »Unser Urteil ist sein Todesurteil. Ich habe mir meine Entscheidung nicht leicht gemacht.«

»Wie Pontius Pilatus«, sagte Dr. Eichler. Doch der Japaner verstand ihn nicht.

Als sie schon den Anstaltshof überquert hatten, fragte Dr. Toyokuni: »Und wenn er nun wirklich der erwartete Chinukara-guru ist, der Sohn Gottes?«

»Dann bin ich der Kaiser von China«, sagte der Deutsche.

Am nächsten Tag brachten sie den Mann mit einem Armeejeep in das Zuchthaus von Hiroshima. Dort wurde er um neun Uhr erschossen. Es war der 6. August 1945, der Tag, an dem die Bombe von Hiroshima die Welt veränderte.

Und um die neunte Stunde
Schrie Jesus abermals laut und verschied.

Und siehe da, der Vorhang im Tempel
Zerriß in zwei Stücke von oben bis unten,
Und die Erde erbebte, und die Felsen zerrissen,
Und die Gräber taten sich auf.

Tod eines Massenmörders

Die Nacht war mondlos. Selbst der Wind schien zu schlafen. Das Haus lag hinter einer hohen Hecke. Friedhofsstille lastete auf dem Anwesen. Fensterhöhlen schwarz wie tiefe Brunnen.

Was war das? Bewegte sich da nicht etwas?

Geräuschlos öffnete sich die Gartenpforte.

Ein Schatten glitt hervor, verharrte, witterte wie ein scheues Wild. Es war ein Mann. Er ging neben dem Weg auf dem Rasen. Der Kies könnte knirschen. Geräuschlos wie ein großer schwarzer Vogel huschte er durch den schlafenden Garten. Die Hornbrille auf seiner Nase verlieh ihm etwas Eulenhaftes. Jetzt hatte der Nachtvogel die Tür erreicht. Er öffnete sie behutsam und schlüpfte ins Haus, abwartend lauschte er in die Finsternis, zog sich die Schuhe aus, schlich weiter. Er schien seinen Weg zu kennen. Ohne Licht anzumachen, tappte er den Gang entlang. An der letzten Tür blieb er horchend stehen. Er vernahm den gleichmäßig fließenden

Atem eines schlafenden Menschen. Schließlich erreichte er die Küche. Allmählich gewöhnten sich seine Augen an die Dunkelheit. Er erkannte das Fenster und als verschwommene Schatten den Herd und den Tisch. Seine Hände ertasteten einen Stuhl. Aufatmend ließ er sich nieder: Das war geschafft! Sie hatte ihn nicht gehört. Mutter hatte wie alle alten Menschen einen sehr leichten Schlaf. Bei der geringsten Bewegung im Haus schreckte sie empor und lag dann meistens bis zum Morgen wach. Da er häufig spät nachts nach Hause kam, besaß er die Routine eines erfahrenen Einbrechers.

Er hatte einen anstrengenden Tag hinter sich. Die Bestellungen in seinem Auftragsbuch füllten mehrere Seiten. Er konnte mit sich zufrieden sein. Nur sein Herz machte ihm Sorgen. Schwer wie ein Stein lag es in seiner Brust. Er arbeitete zuviel.

Wie die meisten seiner Mitmenschen liebte er nicht so sehr seinen Job als vielmehr den daraus resultierenden Gewinn. Arbeit war Mittel zum Zweck. Der Bauer liebt den Schinken, nicht das Schlachten. Er schlachtete zwar keine Schweine, aber auch er lebte vom Töten. Er mordete täglich und tausendfach. Er vernichtete alle Arten von krabbelndem und fliegendem Kleingetier, nicht persönlich und eigenhändig, nein, er verkaufte und organisierte chemische Bekämpfungsmittel gegen Insekten in jeder Lebensform, Kerbtiere, Raupen und Schmetterlinge. Vom Standpunkt eines Maikäfers aus betrachtet, war er ein Spezialist für organisierten Massenmord, ein Adolf Eichmann für Fliegen und Flöhe. Vor allem aber war er Geschäftsmann, ein Waffenhändler für chemische Kampfstoffe sozusagen.

Er hatte im Laufe seines Lebens alles mögliche verkauft, vom Müllcontainer bis zur Motorsäge, alles mit Erfolg. Aber der Durchbruch, der große Erfolg, kam erst mit E 605 und DDT, mit Fliegen-Ex und Läusegold. Daß das so war, lag weder am Produkt noch am Markt. Es lag an seinem ganz persönlichen Einsatz. Zur erfolgreichen Kriegsführung gehört das richtige Feindbild, und das hatte er. Wenn es irgend etwas auf der Welt gab, das er zutiefst verabscheute, so waren es Insekten und Würmer aller Art. Spinnen krabbelten durch seine Alpträume, gegen Mückenstiche war er allergisch, selbst harmlose Marienkäfer und Schmetterlinge erfüllten ihn mit Ekel und Abscheu. Marmeladen, Salate und Eintöpfe rührte er grundsätzlich nicht an, aus Angst, auf irgendein Ungeziefer zu beißen. Obwohl er durch seinen Vertreterberuf ständig unterwegs war, aß er niemals in einem Restaurant. Nur was Mutter zubereitet hatte, aß er mit gutem Appetit. Das war auch der Grund, weshalb er zu so später Tageszeit noch in der Küche saß. Er war hungrig. Außer einem mitgenommenen Butterbrot hatte er seit heute morgen nichts mehr zu sich genommen. Er streckte vorsichtig die Hand aus und tastete sich über den Tisch. Die Thermosflasche stand wie immer an ihrem Platz. Er schraubte die Plastikkappe ab und füllte sie mit heißem Kaffee, natürlich koffeinfrei. Der erste Schluck war immer der beste. Wohlige Wärme durchflutete ihn. Sein Herz hatte sich beruhigt, aber er spürte immer noch den warnenden Druck in der Brust. Der Duft von frischem Zuckerkuchen stieg ihm in die Nase und mischte sich mit dem Aroma des Kaffees. Neben der Thermosflasche fanden seine Hände das Gesuchte. Mutter war doch die Beste. Sie wußte immer, was ihm fehlte. Er biß in den Kuchen. Er war knusprig und knackig wie frische Schmalzgrieben. Die Streusel prasselten zwischen den Zähnen, als kämen sie direkt aus dem Backofen. Nur von Mutter gebackener Kuchen schmeckte so gut. Er fühlte sich wohl. Bloß die Fliege am Fenster störte ihn. Aufgeschreckt brummte sie ihren Zorn gegen die Glasscheibe. Morgen mußte er unbedingt Fliegengift spritzen. Jetzt im Frühjahr erwachte das Ungeziefer zu neuem Leben. Aber er würde diese Höllenbrut zentnerweise vernichten. Sein Auftragsvolumen würde sich verzehnfachen. Es wurde Zeit, daß er etwas in die Renovierung des alten Hauses steckte. Der Keller war feucht. Die Dachpfannen waren morsch, und es würde nicht lange dauern, dann hätten sie den Schwamm im Dachstuhl oder den Holzbock. Mistinsekten! Er angelte sich das zweite Stück Kuchen.

Kühl war es, oder war es die Müdigkeit? Es zog durch alle Ritzen. Wirklich höchste Zeit, daß etwas für die Renovierung des alten Hauses geschah. Seit seiner Kindheit hatte sich hier nichts geändert, selbst der Zuckerkuchen nicht. Er war eine Wucht wie immer, höchstens besser, aber das lag sicher an seinem Appetit. Er goß sich Kaffee ein und griff nach dem nächsten Stück. Eigentlich sollte er etwas mehr an sein Gewicht denken. Er war zwar nicht wirklich fett, aber er hatte zu wenig Bewegung und litt unter Kreislaufstörungen. Nachts weckte ihn das Kribbeln in den Füßen. Sogar am hellichten Tag schliefen ihm die Hände ein, vor allem, wenn er abgespannt war. Auch jetzt spürte er wieder das unangenehme Kribbeln in seinen Händen. Trotzdem nahm er noch ein Stück Kuchen. Das nervöse Prickeln nahm zu. Während er kaute, spürte er, wie es sich von den Händen her ausbreitete, über die Brust und den Hals bis zu seinen Schläfen. Haar und Bart begannen zu jucken. Übelkeit befiel ihn. Sein Herz hämmerte. Die Dunkelheit erdrückte ihn, nahm ihm die Luft. Seine Angst verdrängte alle Rücksicht.

Er torkelte zum Lichtschalter. Die Helligkeit blendete ihn. Als er die Augen blinzelnd öffnete, sah er den Teller auf dem Tisch. Eine schwarze Masse bewegte sich brodelnd auf dem übriggebliebenen Kuchen. Es waren Küchenschaben, widerliche Geschöpfe von der Größe seiner Fingernägel. Hunderte oder Tausende. Gierig schlugen sie ihre Kauzangen in den Zuckerkuchen. Ihre Fühler wirbelten erregt. Mit Schaudern sah er, wie sie über seine Hände huschten, die Arme hinauf. Und dann – er stolperte zu dem ovalen Spiegel über dem Küchentisch – sah er sein Gesicht. Die ekelhaften Insekten klebten in seinen Mundwinkeln. Aus ihren zerbissenen Körpern floß grünlicher Schleim. Mit zerbrochenen Chitinpanzern, die er für knusprigen Streusel gehalten hatte, hingen sie in seinem Bart. Ihre Spinnenbeine zuckten. Sie krabbelten durch sein Gesicht, verschwanden im Haar, im Kragen des offenen Hemdes. Sein Mund öffnete sich zum Schrei, und er sah, wie sich selbst zwischen seinen Zähnen und auf der Zunge diese schauderhaften Schmarotzer bewegten. Es war das letzte, was seine von Panik geweiteten Augen aufnahmen. Dann stürzte er zu Boden und war tot, bevor er aufschlug.

Das Mammut-Experiment

Während meines Aufenthaltes in Johannesburg erzählten mir englische Freunde, daß in ihrem Haus eine alte Jüdin gestorben sei. In dem Nachlaß befänden sich einige hundert Bücher, die niemand zu lesen vermöchte. Sie seien in allen möglichen Sprachen verfaßt. Falls ich Interesse hätte, sei ich eingeladen mich zu bedienen, da die Wohnung anderentags geräumt werden sollte und die Bücher zur Müllkippe gebracht würden.

Natürlich ließ ich mir das nicht zweimal sagen und machte mich noch am gleichen Tag auf den Weg. Ich fand eine stattliche Bibliothek von erlesener Auswahl. Die Franzosen waren in der Mehrzahl. Der Bogen der deutschsprachigen Autoren reichte von Lessing bis Conrad Ferdinand Meyer. Die letzten fünfzig Jahre fehlten, so als sei der Hüter dieses Schatzes bereits vor einem halben Jahrhundert verstorben. Ein großer Teil der Bände waren medizinische Fachbücher. Alle Ausgaben zeigten auf der ersten Seite als Exlibris die Initialen H. H. und einen Äskulapstab mit gewundener Schlange. Der Besitzer war ohne Zweifel Arzt gewesen, wie ich später erfuhr, ein Professor Hermann Heydenreich, der die letzten Jahre seines Lebens in Wien verbracht hatte. Er starb – wie es im Vorwort eines von ihm verfaßten Buches hieß – am 12. November 1919 im besten Mannesalter von achtundfünfzig Jahren. Er hinterließ eine achtjährige Tochter, die nach Amerika emigrierte, dort heiratete und auf irgendwelchen verschlungenen Lebenspfaden nach Johannesburg gelangte, um hier zu sterben. Meine englischen Freunde erzählten mir, daß die alte Dame weder Deutsch noch Französisch gesprochen hätte. Die Bibliothek besaß für sie vermutlich nur musealen nostalgischen Wert. Beim Stöbern in diesem literarischen Dornröschen-Schatz stieß ich auf ein handgeschriebenes Oktavheft. Es war der Bericht eines mißglückten Experimentes, das Professor Heydenreich als junger Gelehrter gewagt hatte und das ich Ihnen hiermit ausschnittsweise und stark gekürzt wiedergeben möchte, ausschnittsweise deshalb, weil die Abhandlung mehr als einhundert Seiten umfaßt und weil ein großer Teil aus wissenschaftlichen Texten und Tabellen besteht, deren Bedeutung nur ein Fachmann zu entziffern vermag. Außerdem sind sie unwichtig, denn sie sind nichts weiter als Kulisse für ein menschliches Drama von faustischer Dimension. Aber was rede ich, überzeugen Sie sich selbst! (Meine eigenen Bemerkungen und Kommentare habe ich in Klammern gesetzt.)

Seit meiner Kindheit verehre ich die Physik. Die hervorragendsten Geister meiner Zeit sind Physiker: Rutherford und Einstein, Max Planck und Otto Hahn, um nur einige zu nennen. Sie verändern unsere Welt mit Maßstäben, neben denen wir Mediziner wie Mikroben wirken. Einstein hat den rechnerischen Beweis erbracht, daß das Atom, dieser unvorstellbare Winzling, über unvorstellbare Kräfte verfügt. $E = mc^2$. Das heißt, Energie ist nichts weiter als eine bestimmte Masse mal Lichtgeschwindigkeit mal Lichtgeschwindigkeit. Die Lichtgeschwindigkeit beträgt 300 000 Kilometer in der Sekunde. 300 000 mal 300 000! Man braucht kein Mathematiker zu sein, um zu erkennen, welch ungeheure Energie dem kleinsten Quentchen Materie innewohnt.

Ich verehre und bewundere die Physik, aber ich liebe die Medizin, die lebendigste aller Wissenschaften. Schon früh begann ich die Medizin mit den Maßstäben der Physik zu messen. Vor allem die Zelle als kleinste Einheit des Lebens hatte es mir angetan. Wie das Atom, so hat auch die Keimzelle einen Kern. Und auch hier gelten unvorstellbar kleine Maßstäbe. Die Erbfaktoren aller lebenden Menschen haben Platz in einem Stecknadelkopf, aber welch unvorstellbare Kräfte wirken im Zellkern einer Keimzelle!

Ich widmete mein Leben der Zelle. Mit vierundzwanzig Jahren war ich der jüngste Assistent bei Professor Weismann, der damals gerade mit der Erforschung der später nach ihm benannten Keimbahn beschäftigt war, der ununterbrochenen Weitergabe der Keimzellen von einer Generation auf die andere. Hierbei faszinierte mich vor allem die Vorstellung von der Unsterblichkeit. Während alle anderen Körperzellen – und damit alle Lebewesen – vergänglich sind, ist das Erbgut der Keimzelle unsterblich. Es wandert von den Eltern zum Kind und vom Kind zum Enkel in unendlicher Generationsfolge und erlischt nur, wenn ein Menschengeschlecht oder eine Tiergattung ausstirbt.

Unsterblich sind zwar nicht die Keimzellen, wohl aber jene doppelsträngigen Gebilde in ihren Zellkernen, die das Erbgut als genetische Information beherbergen und weitergeben. Diese Doppelstränge werden im Gegensatz zu anderen Körperzellen niemals neu gebildet. Sie nehmen im Körper eine Sonderstellung ein. Mit Hilfe einer chemischen

Matrizen-Wirkung replizieren sie sich bei jeder Zellteilung mit absolut identischer Form und Struktur. Ohne Unterbrechung geben sie jene Bauanweisungen weiter, nach welcher der Organismus formgerecht und mit allen vererbbaren Eigenschaften aufgebaut wird. Weismann erkannte als einer der ersten, daß diese Informationsträger Moleküle der Desoxyribonukleinsäure waren (später DNS genannt). Diese Moleküle existieren zwar, doch sie leben nicht. Weismann verglich sie mit Schallplatten, die die lebendige Stimme eines Sängers über dessen Tod hinaus bewahren, selber aber nicht leben.

(Auf mehreren Seiten folgen Texte und Tabellen, die den damaligen Stand der Forschung auf diesem Gebiet bezeugen.)

Während eines Spazierganges äußerte Professor Weismann einen Gedanken, der mich nicht mehr losließ. Er vertrat den Standpunkt, daß es möglich sein müßte, die Keimbahn eines ausgestorbenen Lebewesens zu erneuern. Die Zeitungen berichteten zu der Zeit gerade von dem Fund eines Mammuts, das man am Kirgiliakhfluß in Sibirien ausgegraben hatte. Das vor über vierzigtausend Jahren gestorbene Jungtier war in dem Dauerfrostboden Sibiriens fast unversehrt erhalten geblieben. Das Fleisch war noch so frisch, daß seine Entdecker es an ihre Hunde verfütterten.

Weismann sagte, bei so hervorragend konserviertem Gewebe müßte es im Rahmen des Möglichen liegen, den Zellkern aus einer Keimzelle herauszutrennen und in die entkernte Eizelle eines lebenden Elefanten zu transplantieren und diese befruchtete Eizelle in die Gebärmutter dieser Elefantenkuh einzuführen und ausreifen zu lassen. Dabei würde das Erbgut des Mammuts im lebendigen Protein der Eizelle von der Elefantenmutter einen Mammut heranbilden. Man könnte auf diese Weise Geschöpfe zum Leben erwecken, die bereits vor Jahrtausenden ausgestorben seien.

Hinderlich sei nur, daß so gut erhaltene Mammutfunde, wie der vom Kirgiliakhfluß nur in Sibirien gemacht würden und daß das tiefgefrorene Gewebe den weiten Transport nicht überleben würde, zumal die Entdecker meist Laien seien. Aber selbst wenn es gelänge, brauchbare Mammutchromosomen nach Europa zu bringen, so sei das Experiment noch dadurch erschwert, daß es seines Wissens noch nie geglückt sei, einen Elefanten in der Gefangenschaft zur Welt zu bringen. Dummerweise fände man jedoch niemals gut erhaltene Wildhunde, Büffel oder andere Tierarten, mit denen sich leichter experimentieren ließe.

Bereits damals kam mir der Gedanke, der eigentlich der nächstliegende war, den ich jedoch nicht zu äußern wagte: Warum nehmen wir keine Menschen? Als Student hatte ich im Salzkammergut den Leichnam eines Bergmannes gesehen, der vor über zweitausend Jahren in einem Salzstollen verschüttet worden war. Das geschmolzene Steinsalz umgab den Mann wie ein gläserner Sarg. Er sah so aus, als sei er erst gestern gestorben. Die Salzlauge hatte alle Poren verschlossen und die bakteriell bedingte Zersetzung aller organischen Weichteile verhindert.

Ein noch wirkungsvolleres Konservierungsmittel ist die Huminsäure der Torfmoore. Allein in den Museen Dänemarks gibt es über einhundert hervorragend erhaltene Menschenfunde. Ich hatte einen Mann aus dem Tollund-Moor bei Silkeburg gesehen, der zweitausendfünfhundert Jahre im Moor gelegen hatte.

(Es folgt eine vom Verfasser sehr detailliert ausgeführte Untersuchung mit eintausendfünfhundert Jahren alten Samenkörnern von Chenopodium album, gemeinem Gänsefuß, die sich im Torfmoor so gut erhalten hatten, daß sie sich sogar noch als keimfähig erwiesen.)

Ein paar Jahre später – inzwischen war ich selber Inhaber eines Lehrstuhles – bot sich mir die seltene Gelegenheit, eine ägyptische Mumie zu öffnen und zu examinieren. Ein mir befreundeter Archäologe bat mich um meine Mitarbeit bei der Sektion an einer Mumie aus der Zeit der Ramsiden. Ich sollte dabei die Verfassung des Zellgewebes begutachten. Obwohl man den Toten in einem schmucklosen unscheinbaren Granitsarkophag gefunden hatte, gab es Stimmen unter den Archäologen, die behaupteten, es handele sich um die Mumie Ramses' des Zweiten oder Ramses' des Dritten, den die Priester zum Schutz vor Grabräubern umgebettet hätten.

Bandagiert wie ein Unfallopfer lag die Mumie auf dem Seziertisch. Schicht für Schicht der harzigen Gaze wurde abgetragen. Als der Tote endlich vor uns lag, wagte niemand zu sprechen. Ungeheure Hoheit umgab den Mann. Welch ein Kopf! Stolz und Willenskraft beherrschten seine feingeschnittenen Gesichtszüge. War jener Tote Ramses der Zweite, der die Schlacht bei Kadesch geschlagen hatte? Oder war er Ramses der Dritte, der die Libyer und die Philister besiegt hatte? Elf Gottkönige dieses Geschlechtes hatten der Welt ihren Stempel aufgedrückt. Sie waren gewaltige Herren. Unter ihnen wurden die gewaltigsten Tempel am Nil errichtet. In Theben, Luxor und Medinet stehen sie noch heute. Große Feldherren und Baumeister waren die Herrscher aus dem Geschlecht der Ramsiden. Auf ihren Grabsteinen standen die Worte: Sie haben die Welt verändert.

Der Tote befand sich in hervorragender Verfassung. Er wurde geröntgt und vermessen. Ich entnahm ihm einige Gewebeschnitte, Körperzellen und Keimzellen, die ich untersuchte und sorgfältig aufbewahrte.

(Es folgen mehrere Seiten über die angewandten Untersuchungsmethoden und Aufbewahrungstechniken.)

Herr Dr. B., ein sehr tüchtiger Landarzt aus Spital, schickte mir im gleichen Monat eine Frau Klara H., verheiratet mit Aloys H., einem Zollamtsoffizial. Sie hatte in den Jahren 1885, 86 und 87 zwei Buben und ein Mädchen geboren, die alle kurz nach der Geburt starben. Dr. B. war der Meinung, daß der Vater so erbgeschädigt sei, daß keine lebensfähigen Kinder zu erwarten seien. Da die Frau jedoch um jeden Preis ein Kind wollte, kam sie zu mir. Sie war siebenundzwanzig Jahre alt und von bester bäuerlicher Gesundheit. Als sie mir gegenüber saß und mich anflehte, ihr zu helfen, wußte ich, daß ich mit ihr mein Experiment wagen würde. Meine Erklärungen über die künstliche Befruchtung eines Eies aus ihren Ovarien, wozu allerdings ein kleiner operativer Eingriff nötig sei, schien sie zu überhören. Sie stellte keine Fragen, nicht einmal nach dem Spender. Sie sagte nur ein Wort: Wann?

(Es folgen fünfundzwanzig Seiten mit der Beschreibung des Kernaustausches. Obwohl ich nicht viel von diesen Dingen verstehe, schien es mir zunächst unglaublich, daß jemand im vorigen Jahrhundert ein Verfahren praktiziert haben will, das erst in jüngster Zeit mit hohem technischem Aufwand entwickelt worden ist. Man muß sich aber vielleicht vor Augen halten, unter welch primitiven Bedingungen es Otto von Hahn gelang, die erste Atomspaltung herbeizuführen: ein Holztisch, ein paar Batterien, ein paar Drähte und ein selbstgebastelter Geigerzähler. Das Röhrchen mit dem strahlenden Uran steckte in einem Paraffinblock. Simpler geht es kaum, und doch begann auf diesem Holztisch ein neues Zeitalter.)

In der Nacht vor Ostern im April 1889 schenkte Frau Klara H. einem schwächlichen, dunkelhaarigen, auffallend blauäugigen Knaben das Leben. Ich untersuchte das Kind. Es war gesund und lebensfähig. Meine Begeisterung kannte keine Grenzen. Alles sprach dafür, daß ich eine vor dreitausend Jahren erloschene Keimbahn zu neuem Leben erweckt hatte. Ich sah bereits Mammuts im Zoo von Wien, vielleicht sogar Saurier. Schließlich setzte ich mich hin und schrieb einen Brief an meinen alten Lehrer und Freund.

Weismann war der einzige, der die Bedeutung meines Experimentes in vollem Umfang zu erkennen vermochte. Statt einer Antwort kam er persönlich. Er war so erregt, wie ich ihn noch nie erlebt hatte. Schon am Bahnhof schnarrte er: »Sind Sie denn von allen guten Geistern verlassen? Wie können Sie so etwas tun! Haben Sie den Verstand verloren?« Meine wissenschaftlichen Erklärungen wischte er beiseite und weigerte sich, auch nur einen Blick auf meine Mitschrift zum Experiment zu werfen. »Wo kämen wir denn hin, wenn wir alles Machbare in die Tat umsetzen würden? Stellen Sie sich mal vor, die Physiker würden aus der ungeheuren Energie des Atoms eine Waffe schmieden. Das wird sicher eines Tages machbar sein. Aber niemand wird so vermessen sein, es zu tun. Was glauben Sie eigentlich, wer Sie sind, Gott oder Frankenstein? Sie können von Glück sagen, daß Ihr Homunculus-Experiment in die Hosen gegangen ist.«

Er überhörte meinen Einspruch und sagte: »Natürlich ist es in die Hosen gegangen. Wenn es Ihnen gelungen wäre, die genetischen Informationen dieser Mumie in die lebende Eizelle einzupflanzen, so hätten Sie ein Monster gezeugt, eine Mißgeburt mit zwei Köpfen oder einen Idioten. Die DNS-Moleküle einer Mumie sind so denaturiert, daß sie nicht mehr in der Lage sind, die Frühontogenese eines entsprechenden Keimes zu induzieren und zu steuern.«

Ich erinnerte ihn an seinen eigenen, oft zitierten Vergleich mit der Schallplatte, die – obwohl selber tot – Lebendiges bewahrte.

Er sagte: »Dreitausend Jahre alte Chromosomen, das sind Schallplatten voller Kratzer, Sprünge und Löcher. Wer diese Platte in Bewegung setzt, um Harmonien zu hören, ist ein gottverdammter Narr. Wenn ich Ihnen einen Rat geben darf, dann vergessen Sie das Ganze. Sie werden sich mit diesen Alchimistenkunststücken unsterblich lächerlich machen.«

»Und das Kind?« fragte ich, meinen letzten Trumpf ausspielend.

Er sagte: »Die Frau hat bereits drei Kinder von ihrem Mann empfangen. Das ist das vierte. Wenn es stirbt, bestätigt es die Annahme ihres Hausarztes, überlebt es, so beweist das nichts weiter, als daß der Arzt sich geirrt hat.«

Weismann brachte mich auf den Boden der Realität zurück. Er überzeugte mich, daß ich einer falschen Hoffnung erlegen sei, einer fixen Idee, wie er es nannte. Und dennoch ließ mich der Gedanke nicht los, daß … Welch ein Gedanke! Allein die Vorstellung, daß der Sohn Ramses' des Großen leibhaftig unter uns leben könnte!

(Hier endet der Bericht. Am Ende des Heftes fand ich einen Vermerk, den der Verfasser etwas später hinzugefügt hatte.)

Wien, Mai 1918

Von Natur aus neugierig habe ich Nachforschungen anstellen lassen, was aus meinem kleinen Pharao geworden ist. Er ist jetzt, fast dreißig Jahre alt, auf der Höhe seiner Schaffenskraft. Wenn er wirklich vom Blut der Ramsiden sein sollte, so müßte doch wenigstens etwas von dem ungeheuren Machtwillen dieses alten Herrschergeschlechtes in ihm vorhanden sein.

Welche Enttäuschung auf allen Gebieten!

Von 1909 bis 1913 lebte er hier in Wien in einem Obdachlosenasyl und in einem Männerheim in der Meldemannstraße. Er verdient sich sein Geld als Bauhilfsarbeiter und Postkartenmaler. Zur Zeit liegt er an der Westfront – als Gefreiter!

Weismann hat recht. Mein Experiment war ein Reinfall. Adolf H. besitzt nicht die Spur einer Führernatur. Dieser Mann wird nicht die Welt verändern.